纸上游天下·中国当代游记精选

主编:高长梅 张 佶

ZHI SHANG XIAN YOU

纸上闲游

巴 陵 著

九州出版社 全国百佳图书出版单位

JIUZHOUPRESS

图书在版编目（CIP）数据

纸上闲游/ 巴陵著. -- 北京：九州出版社,2013.9（2021.7
重印）

（纸上游天下：中国当代游记精选 / 高长梅, 张佶主编）
ISBN 978-7-5108-2350-3

Ⅰ.①纸… Ⅱ.①巴… Ⅲ.①游记 – 作品集 – 中国 –
当代 Ⅳ.①I267.4

中国版本图书馆CIP数据核字（2013）第227820号

纸上闲游

作　　者	巴陵　著	
出版发行	九州出版社	
地　　址	北京市西城区阜外大街甲35 号（100037）	
发行电话	（010）68992190/3/5/6	
网　　址	www.jiuzhoupress.com	
电子信箱	jiuzhou@jiuzhoupress.com	
印　　刷	北京一鑫印务有限责任公司	
开　　本	710毫米×1000毫米　16 开	
印　　张	9.5	
字　　数	125千字	
版　　次	2014 年 1 月第 1 版	
印　　次	2021 年 7 月第 6 次印刷	
书　　号	ISBN 978-7-5108-2350-3	
定　　价	36.00 元	

前言

　　仁者乐山,智者乐水。所以古今中外,无论贤人圣哲,还是白丁草民,他们在观山赏水的时候,无不从山水之中或感悟人世人生,或慨叹世事世情,或评点宇宙洪荒,于寄情山水中,抒发自己的惬意或伤感。有的徜徉于山水美景,陶醉痴迷,完全融入大自然忘记了自己;有的驻足于山川佳胜,由物及人,感叹人世间的美好或艰难。

　　一篇好的游记,不仅仅是作者对他所观的大自然的描述,那一座山,那一条河,那一棵树,那一轮月,那一潭水,那静如处子的昆虫或疾飞的小鸟,那闪电,那雷鸣,那狂风,那细雨等,无不打上作者情感或人生的烙印。或以物喜,或以物悲,见物思人,由景及人,他们都向我们传递了他们自己的思想情感。

　　一篇好的游记,它就是一帧精巧别致的山水小品,就是一幅流光溢彩的山水国画,就是一部气势恢宏的山水电影。作者笔下关于山水的一道道光,一块块色,一种种造型,一种种声音,无论美轮美奂,还是质朴稚拙,无论清新美妙,还是苍凉雄健,都让我们与作品产生强烈的共鸣,让我们在阅读中与自然亲密接触,于倾听自然中激起我们的思想波涛,与作者笔下的自然也融为一体。

这是一套重点为中小学生编选的游记,似乎也是我国第一套为中小学生编选的较大规模的游记丛书。我们希望这套游记能弥补中小学生较少有时间和机会亲近大自然的缺憾,通过阅读这套游记,满足自己畅游中国和世界人文或自然美景的愿望。

目录
CONTENTS

湘野清风　　第一辑

CONTENTS

目录

目录
CONTENTS

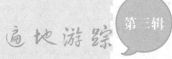

第三辑

遍地游踪

第四辑

浮光掠影

第五辑

旅行如歌

目录 CONTENTS

第一辑 ∨∨∨

湘野清风

岳麓书院门前的徘徊

从小性本好游,善于旅走山水,饱览风物礼俗。从乡下进城,就让我更加钟情于山水、遗迹,无不想亲自去攀摸。岳麓书院,是我在乡下求学的神往。

一九九七年来到长沙,只到过自卑亭旁的广场,没有机会瞻仰岳麓书院,心中留下许多遗憾。也许与长沙有缘,一九九九年到湖南师范大学求学,距岳麓书院一壁。进校第一天,我独自一人来到岳麓书院门口瞻望了一番,莫敢求拜。心想:以我的学力和知识不够消受岳麓书院的文明。从此,就在学校图书馆寻找有关岳麓书院的书籍研读,多是朱汉民先生的大作,其他一些都是散篇收录在有关湖湘文化的书籍里。读得越多,对岳麓书院越尊敬,就越不敢进门。但是,我对文化的向往还是那般热烈。二○○○年岳麓书院大修,其实是缩小岳麓书院的地盘,精选岳麓书院的景观。我与几位师兄经过,偷偷地往里看了一眼,师兄见我"贼相",就"请"我到里面去走走。虽然他误解了我的意思,但我还是很感激,可以借此请教些关于岳麓书院的问题。

我们从正门入,门口有两副对联,外面的是"千百年楚材导源于此,近世纪湘学与日争光";里面的是"唯楚有材,于斯为盛"。院内有赫曦台,我们前去把摸。再入岳麓书院大门、跨二门,到讲堂,有"学达性天,道南正脉"的学训,游后院的御书楼、百泉轩、时务堂、绝碑亭,往左有陶澍的印心石屋,沿左下拜孔子像,回大门出岳麓书院。虽然对岳麓书院进行了一次严严实实的清查,还是囫囵吞枣、走马观花。

二〇〇一年进出版社兼职,给我提供了一个读书的好机会,又加上我编辑的书籍多与湖湘文化有关,增长了有关岳麓书院的知识。我就开始关心起岳麓书院,收集它的点点滴滴。

了解岳麓书院的知识越多,我也越依恋岳麓书院,有事没事就去岳麓书院兜一圈。发现点什么或者寻找点什么,走得多了,我就总结了一些东西。岳麓书院门前最好夏天和冬天去,这都是很有情调的季节。夏天,我最喜欢去岳麓书院左边的吹香亭。白天拿份报纸或者一本小书,坐在亭中,闻荷香水汽,感受树荫清凉;晚上找三两个文友,携带瓜果品月听蛙,月亮从树影中穿过,散落在亭内,形成斑斑点点,既有诗情画意又有文人雅志,再谈点文坛掌故、学者轶事或者评诗论字,就更有古代读书气息。冬天,我最喜欢去岳麓书院右边的茅草亭。茅草亭正如其名,用茅草盖顶,四周空空,冬风凄凄,茅草飒飒,有股不寒而颤的凄美。白天坐在亭中可以锻炼文人气质和素养;晚上静坐亭中,月光如霜,晚钟悠远,正好思索人文、品读人事沧桑,放下心中烦恼,享受自然天光。

几年下来,我从书本上了解了岳麓书院的起源及岳麓书院历代山长、学生、学事,就再也不敢进岳麓书院了。虽然其间有余光中、余秋雨等学人来此讲学,很想去听课求经,也都不敢进门。

岳麓书院经历多次修建,已经面目全非,给后辈留下很多遗憾。根据文献考证,自卑亭是宋代岳麓书院的山门,书院包括大半个湖南大学,加上学田、学土,就更宽阔了。而岳麓书院与城南书院隔江相望,两院学生、教授来往都以船为渡。河西的码头在现在的牌楼口附近。现在的岳麓书院其实是老岳麓书院的精华缩影,讲堂是当时朱熹与人论经之地,御书楼是图书馆,这些都在。学生的宿舍静一斋在岳麓书院南墙外,破烂不堪,有些已经拆除;舞诗驳文的吹香亭、茅草亭也独露于外,而池洼清已经不

再。整个岳麓书院根本没有了当时书院的风范。

我想，岳麓书院只留下核心了，我还在学习它的皮毛，怎么能登它的大雅之堂呢？所以，我只能在岳麓书院的门前徘徊，偷望里面的文明。

散读麓山红枫

认识岳麓山，我是从阅读"停车坐爱枫林晚"开始的；对于岳麓山的枫林，那要追溯到《沁园春·长沙》的"层林尽染"，为了这句话，我就决定要一辈子留在长沙。

我有一种枫叶情，却记不清是从什么时候开始的。但是，爱上岳麓山的枫叶却是记得清清楚楚的。那是一九九九年十一月二十一日，是我的生日。我一个人在长沙读书，在这个城市，我没有一个亲戚，也没有一个朋友，有的只是一个人的孤单、寂寞。那天我读书累了，也忘记了是生日，一个人上了岳麓山，在枫林里穿行，没有目的，也无目标，只想找片鲜艳的枫叶消磨寂寞的时光。

我本爱山，也爱水。岳麓山的山与水正好吻合我的喜爱，我的心流荡在岳麓山的山与水之间。我知道岳麓山的枫叶是红的，像北京香山的红叶；树干像法国梧桐般白且英俊挺拔。那时，我没有仔细阅读岳麓山枫叶的血红，也没有去亲闻它的香味，而是走在枫树的体香里。

从内心说，我喜欢岳麓山的枫叶与它的血红有关，那时我很寂寞，害怕与陌生人接触，看到枫叶的血红，我就有了激情，也不再害怕什么。

岳麓山的枫叶,于我,可以用一个词,叫散读。这与我的性情有关,我比较懒散,这主要在思想方面,看到什么事物懒得思考,当时对岳麓山的枫叶也一样。所以,我读了好几年岳麓山的枫叶,都是些感观上的认识。这又要追究到我的习惯,阅读时不仔细,不太辨别颜色的深浅、脉络的清澈,爱远远地看。岳麓山的枫叶一片火红,燃烧着我心中的渴望,那是爱,是血气弥漫全身的酷爱。

直到年初结婚以后,我才改变对事物的认识,学着仔细地观察和思考问题。今秋,我开始深情地散读岳麓山的红枫。我最爱去的地方有两个,一个是人比较多的爱晚亭,那里游客人来人往,需要接近黄昏的时候去,人少了,夕阳更加映衬了红枫的红,那血红的山坡起伏着,沙沙的可以听到枫叶坠落的声音,好像在感叹夕阳美景。一个是人少的岳王亭,虽然有学生的晨读,但可以感受红枫的露水。我早上去,在太阳还没有照耀到山坡的时候,站在岳王亭边扭动脖子边仰望山坡上向上爬行的红枫,红枫被露水洗洁得更加有血性、圣洁,能读出生命的朝气。

我在这个散读的季节里,读清了岳麓山红枫的脉络和色泽,也散读到人生如红枫——时间的沧桑给生命无法承受之重。

玉湖神韵

第一辑
湘野清风

玉湖并非湖,是一山塘,在怀化市郊的一个度假村,属黄岩乡,离市区二十公里。

　　黄岩是山顶上的一个小乡,人口不多。爬上高高的山岭,才露出一块平坦的地方,看上去与天接近。这里有几个自然村落,靠原始的农耕生存,站在这片土地上,青蓝的天空与云彩就在我头上缭绕,感觉到一股清新的舒适。走在田间的小路上,欣赏着那土狗和老屋,才感觉到世外桃源的美。

　　玉湖精致唯美、山林环抱,像一滴眼泪落入林海。站在它的身后,我激动不已,灵感在脑海里荡漾,文字在描画水与山的气色。看着那弯弯曲曲的湖堤,心中波澜起伏。生活在钢筋森林的城市,面对墙壁的灰白,心情不自然地低落。

　　来到玉湖,就像回到我的故乡,在那森林的氧吧里自由呼吸。

　　玉湖边是我住的玉湖山庄,站在四楼,风景尽在我的眼底。伫立走廊上,放眼望去,左边是玉湖,碧绿的一湾,静静地等在那里,期盼骚人的文墨。对面一亭,名曰野趣,坐落在森林间,有点隐约,也有点情趣。天晴,我们在那里吃饭,听听鸟鸣,感觉山更幽;下雨,三两个朋友在亭中清谈,雨声在外,少了人打扰和嘈杂。

　　在玉湖的日子里,我最爱干的两件事:早晨站在走廊上看雾起云涌和雨过天晴,下午到玉湖去划船。

　　玉湖的雾,是黄岩的一绝。住在玉湖,几乎每天清晨都有雾,也有雨。山里的雨和雾,与城市的不同,不一定要天气变化,它说来就来。在玉湖,我常常早起在走廊上赏雾。天刚蒙蒙亮,玻璃才露出白色,我偷偷地溜到门口,审视着天空的颜色和变化。

　　我无法用诗来形容山体的美丽,它给我心灵上带来莫大的震撼,山色变化无常,却美得恬静。慢慢清晰的天空,山峦的线条画出了它的圆滑,也露出山的清澈和树林的甜美。无声的山林,带着露珠,洗刷前一天的尘土,显露娇媚的面容。雾开始飞走,先在山峦的顶尖缭绕,慢慢地盘旋而下。等我能够看清雾的色气,雾就像烟,一丝一丝地飞走,轻轻地拂过我的脸颊,抖落几颗露珠,清凉、新鲜,浸润我的肌肤。雾密起来了,挤成一块,占据我的视线,迷漫我的睡眼。接着是雨点,开始淅淅沥沥,好像是鼓点前奏,接着雨声哗哗啦啦,一阵一阵地赶来,雾被袭走,只剩密密麻麻的雨珠,掩饰了山林的动静。

午后,雾收了,雨停了,我的心灵开始安静。在没有码字的时候,就喜欢几个人去玉湖划船。

玉湖的水,绿得就是一块碧玉,平平地镶嵌在森林中。

玉湖的船不多,也就是那么四五条,两人划一条,或者男女搭配,或者男船拖女船,这样很有激情。与我划船的美女很多,可是我喜欢看别人划,或者与一个男人划,欣赏女人在玉湖中挥甩的身姿和美丽歌喉。船慢悠悠地漂在水上,偶尔一桨,划破水面,波澜涟涟,看着湖水,非常爱慕地去捞起一串,闻闻它的味道。那滋味,简直是鉴赏。

坐在船上,男人可以即兴朗诵一首情诗,或者与美女对歌,那粗犷与浪漫同现,高兴也只自个儿知道。也可以读读书,打发时光,看书看累了,还可以把目光移到湖岸,第一圈是稀疏的几尾楠竹,第二圈能看到点点滴滴红艳的杜鹃,第三圈是苍翠的乔木伫立。

黄昏的玉湖,天空挂着半边月亮,自己坐在湖水漂起的船头,欣赏玉湖的静谧和温馨,就像等待爱人般甜蜜。如果两者私语,就像情人的倾诉般隐秘。

这样游玩了几天,我才找到品味玉湖的味道——游游玩玩。

江声岁月

伴着江涛声,过一辈子,那是人生的浪漫。

在许多城市的中心,多有一条大河横亘,把城市一分成二,形成截然不同的地域、经济对比,好像贫富的兄弟。

长沙城被湘江拦截,东西差别甚大。河东有一条下河街,以卖小商品闻名。河西同样有条下河街,却不为人知。我在长沙住了近十年,在银盆岭也住了两三年,河西下河街还是不久前才知道,我曾把它当作一大发现,讲给朋友们听。

银盆岭有一条如意街,在狮子岭,曾经是个繁华的地方。现在,如意街的名字还在,却只是一条小巷的名字,那街的名字已经改为狮子街。我住在狮子街十三号,天天在这街上闲玩和游走。都没敢走进那些不知名的小巷,认为是死胡同。

那天,我沿着狮子街一直往湘江边走去。下坡地段,民居稠密,小巷甚多。走完街道,见一座古老的厂房,越过厂房,看见湘江河里的船只来往。厂房看样子像旧时候的红砖建筑,只是盖着琉璃瓦,我以为是什么倒闭的厂房,没在意,绕道围墙,来到湘江边,江水就在脚下流淌、喧哗。

围墙底下有条青石板铺就的小路,约一米多宽。看着上面的脚痕,就知道被很多人践踏,有着历史的沧桑和成就。我在很多地方走过这么有文化的青石板路,但石板的痕迹没有这么凌乱,有的连条纹都清晰可见,这样坑坑洼洼的石板还是首例。沿着石板路向北，即可望见北大桥。走三百米，石板从眼睛里消失，变成乌黑的沙石。前行五十余米，有一个浅黄色的院门，几根粗大的圆柱撑着，样式比较宏伟。近前，才知是裕湘纱厂旧址，长沙市重点保护文物。我很惊叹，在离这里不到五百米的地方住，竟然不知道有这么个重要文物存在。

我查了一些长沙市的史料，才知道这个地方有些历史。一九一二年吴作霖在此建了经华纱厂，一九一三年改名为湖南第一纱厂，抗日期间搬迁，剩余部分被大火所毁，抗战胜利后复建裕湘纱厂。

再往前走，是下河街。下河街按真正意义来说不算街，它的西边是砌的石壁，石壁上是裕湘纱厂的围墙，只有东面靠河边有一排房子。一看就知道，这里曾经住着一群富有的生意人。每栋楼房有两层，一楼是门面，当时应该日进斗金，现在人迹罕见，门面却半敞着。二楼搭了一个吊脚阁楼，伸出非常洋气的时髦阳台，像招摇的女人显露自己的富有。

住在下河街的生意人，在裕湘纱厂的鼎盛期，白天听着纱厂轰鸣的机器声，数着工人用血汗赚来的钱，笑眯眯地把库存货卖出去。晚上，打理一天的收益，枕着沉甸甸的钞票和湘江的水声入梦，在梦里还在盘算着第二天的进账，这种浪漫又赚钱的日子，他们是多么的高兴。

而现在，生活在下河街的生意人年华已逝，留给他们的岁月已经是暮年日历，耄耋老人看着远去的繁华，无法追忆自己青年时代的梦，感叹日月变迁和沧桑。生活留给他们的痛苦，只当作美好的回忆，心中叙说着曾经拥有过的东西。

走过这条不足一丈宽的街道，看着留下的石臼和石臼上长出的青草以及老人们始终微笑着的脸，那是生意时代的笑容，还在教育着我们为商。他们曾经把灿烂的年华献给了历史的步伐，看到他们休闲的样子，我的心中有些踏实，不由猜测他们在怀念那个岁月，不忍离去的心酸。

走过这古老的街市，我的情绪久久地停留在那个年代，不能释怀。

第一辑

湘野清风

寻访岳州窑

　　岳州窑的名字早在我心里打下了烙印，在二〇〇三年寻访完铜官窑之后，我就一直想去寻访闻名的岳州窑，无奈事务缠身，没有动身。现在铜官窑已经列入湖南省旅游重点开发工程，我去岳州窑的计划又进入了落实阶段。二〇一〇年三月二十九日，在好友罗正坤的陪同下，从长沙出发，经过两个小时的汽车颠簸，来到岳阳市湘阴县岭北镇，即以前的铁角嘴镇。

　　找到诗人刘海军，他既是岭北镇人，又在岭北镇镇政府工作，由他带领我们去寻找岳州窑最合适不过，我们驱车直奔离镇政府不远的岳州窑遗址。

　　岳州窑经历两汉、三国、两晋、南北朝、隋唐、五代、宋等朝代，沿袭千余载，是全国六大名窑之一，位于洞庭湖南部距湘阴县城二十一公里的湘江西岸窑头山一带。从一九三七年起，曾多次在河床岸的窑底部和四周挖出过碗、壶等陶具。岳州窑在唐代非常鼎盛，不亚于铜官窑，主要生产茶具。陆羽的《茶经》记载："碗，越州上，鼎州次，婺州次，寿州、洪州次。""越州瓷、岳瓷皆青，青则益茶。"岳州青瓷碗盛茶，茶水呈红白之色，非常艳丽可爱。岳州窑瓷胎轻薄，瓷质较密，胎色早期呈红或米黄色，晚期灰白色，釉色青绿、青黄。釉薄质细，釉泡较小，玻璃质感强。釉面有不规则细小冰裂纹，有流釉现象。岳州窑器物丰富多彩，有碗、盘、瓶、高足盘、四系罐、八棱短流壶等。

　　刘海军告诉我，岳州窑曾经属铁角嘴镇，有石矶伸入湘江，无论河水怎么冲刷，千年不变，牢固异常。我马上想到那是瓷泥，表面光滑，内中质硬。刘海军又告诉我，岳州窑只有遗址，因为河床改道，被掩埋在河底下，很难找到瓷片。岳州窑遗址附近，造船业非常发达，有七家造船厂依次排开，生意红火。

　　史志记载，湘阴秦代置罗县，南朝大通年始隶属岳州，唐宋沿袭。湘阴县位于洞庭湖南岸，湘资沅三水汇集于此。岳州窑北起水门，南至洞庭庙旧址，全长七百余米，当地流传："湘阴是个万窑窝，未有湘阴先有窑。"逆水建窑有八甲窑、青竹寺窑、吴家渡窑、樟树镇窑、窑头山窑、铁角嘴窑、石门矶窑、铜官窑等，顺水建窑有三峰窑、烟墩山窑、云田窑、鹿角窑等，窑分立式圆窑和斜坡龙窑两种。魏晋时达到青瓷烧制高峰，同时利用陶车拉坯技术，青瓷畅销全国各地以及东南亚、日本，首创匣钵覆烧技术。

　　岳州窑器物古朴厚重，胎质细腻，敲击有金属声。刘言《史诗》云："湘瓷泛青花。"造型有碗、盘、碟、莲花灯、虎子、唾壶、多系罐、盘口瓶、龙柄鸡首壶、多足砚、茶具等；釉色有青釉、米黄釉、草绿釉、橘绿、茶末釉、褐色釉、酱釉等；装饰工艺有刻花、绘画、贴花、点彩、布纹、瓜棱、几何纹、鱼纹、水波纹、莲花纹、桥形等。

　　岭北镇位于长沙、岳阳、益阳三市交界处，南靠望城县乔口镇，西接益阳市赫山区牌口乡，毗邻湘江，水陆交通便捷，二〇〇五年由铁角嘴镇、躲风亭乡、茶湖潭乡、东港乡合并而成。

　　现存岳州窑窑址在窑头山、白骨塔、窑滑里一带。年代由东汉至隋唐，星罗棋布。已发现的有铁角嘴、窑头山、白骨塔、青竹寺、樟树、城关镇窑群，城关镇窑群规模最大：北起水门，中经西外河街、许家坟山、马王塬、立新坪、轮渡、药材公司，至洞庭庙旧址，东至建设街，西至滨河，约十多万平方米的范围。

第一辑

湘野清风

　　我们驱车到窑头山，看到造船厂林立，在荒芜的田野里找到一块水泥碑，是一九七二年湖南省确定的省级文物重点保护单位，红漆已经全部脱落，碑面坑坑洼洼，察看周围地势，离湘江岸边不到十米，河床比遗址低二十余米，岸沿黄土很深，土质很黏，是上好的瓷泥。因为天气原因，我们无法下水继续寻找岳州窑的瓷片，只好在岸边寻觅。沿江走五十余米，有栋小屋，我走上前去，见到一位老人，在询问中知道他姓陶，七十九岁，身体非常硬朗，打着赤脚干活。他告诉我，这里叫窑头村东风组，他十一岁时就生活在湘江边，儿童时代这里碎瓷片非常多，一九五四年突发特大洪灾，原来的窑址被冲毁，泥沙掩盖窑基，瓷片埋于河床下，现在的河道就是原来的岳州窑遗址。

　　我们又去另一处遗址，在相隔不到一里的长沙船舶厂岭北分厂，水泥碑已经残缺不全，荒弃在杂草丛中，扒开杂草，碑后有文字说明，是对岳州窑的述说，四处看看，还是没有找到碎瓷片。

　　回到长沙，又查阅了很多资料，才明白岳州窑一直没有找到它的窑体，所以没有像铜官窑那样受到世人的关注和开发。

蜕园

　　长沙市开福区北正街泰安里周南中学校园内，有尊朱剑凡先生的塑像，旁边立着蜕园故址石碑一块。蜕园是当时长沙有名的私家园林，可与西园、朱家花园媲美。

蜕园为朱剑凡先生之父周达武的私家园林,朱剑凡原名周家纯,其父周达武系明室(吉王朱见浚)后裔、湘军将领、甘肃提督,蜕园之地乃唐代长沙破天荒进士刘蜕故宅旧址,周达武建园后沿用蜕园其名。

蜕园占地八十余亩,园中叠石成山,引水为池,石船水榭南北对峙。池窄处石桥相接,两岸回廊亭榭相连,戏台宴厅甚大,可容数百人观赏宴饮。后堂魁星楼,登顶可俯视长沙全城,纵览湘江岳麓景色。亭阁回环,池塘萦绕,假山嶙峋,异木争妍,奇花斗艳,乔木高耸,绿竹荫浓,风景绮丽。

谭嗣同到周宅,游历蜕园,感怀甚多,赋诗:"水晶楼阁倚寒玉,竹翠抽空远天绿。湘波湿影芙蓉魂,千年败草萋平麓。扁舟卧听瘦龙吼,幽花潜向诗鬼哭。昔日繁华馀柳枝,水底倒挂黄金丝。"引来更多文人墨客。

一八八二年春,随父(陈宝箴,湖南巡抚)在长沙就职的陈三立,偶然跟随朋友到蜕园游玩,看到这么美丽的私家园林,诗兴大发,作《春日游蜕园歌》:"名园当春花欲繁,鸣鸠喈喈来唤门。门外游人自相识,清歌烂漫携孤尊。东风飞翻袂初舞,云吹一丝絮粘缕。桃李杨枝映细晴,小立栏干扑香雨。绿波盈盈腾雾隔,西去轩亭倒深碧。万竹森沉浸昼寒,烟影天痕淡将夕。夕照摇摇欲上衣,还移双桨趁鸳飞。鸳鸯自飞风自起,剪尽愁痕一池水。何处凌波更渺然,萍丝荇带镇相牵。侧帽微吟映霄汉,空教世外看神仙。参差石径苔泥没,洞壑玲珑印瑶月。取次红墙一线通,歌舞楼台忆恍惚。倦眼依然湘上山,主人恋官去不还。东陵瓜熟风光老,寂寞良辰空闭关。"游园之后眷恋不已,当时湖南三公子中的谭延闿、谭嗣同知道后,出面说通周家,让陈三立一家租住一半,陈家直到一八九一年才离开蜕园。

一八八三年,周达武之子朱剑凡在蜕园出生;一八九〇年,陈三立之子陈寅恪在蜕园出生,两人均系继室所生。一九〇二年,朱剑凡、陈寅恪(随兄陈衡恪)同一批去日本留学,同读日本弘文学院。

两年后，朱剑凡回国，以教育救国，深切关注男女平权。一九〇五年，朱剑凡毁家办学，创办周氏家塾，即周南女学，垂帘授课，育大量英才，如向警予、蔡畅、杨开慧、帅孟奇、劳君展、黄彝、曹孟君、丁玲、朱仲丽、劳安等，成为湖南名校。

一九一一年，朱剑凡扩建学校，在蜕园大兴土木，创办中国第一所正式的女子学校——周南女学，有师范班、小学教育班、幼儿教育班等。

陈寅恪留学日本后，又到英、美、德多国留学，回国后在清华任教。一九二五年，受聘于清华大学国学研究院，成为四大导师之一（其余有王国维、梁启超、赵元任）。一九三七年十一月，清华大学南迁，陈寅恪来到长沙，去他的出生地蜕园寻访儿时记忆，却面目全非。

我今天站在蜕园故址石碑前，时隔创办周南女学一百零六年，闻名的周南中学早已迁往捞刀河新址，只剩下蜕园故址石碑、朱剑凡先生塑像和偶尔来寻访蜕园的游人。

朱张渡

长沙城由浏阳河与湘江包裹，三面向水，古以舟楫交通东西，湘江渡口众多，朱张渡最负盛名，西岸即杜甫上麓山寺、道林寺的湘西古渡。

南宋乾道三年（一一六七），朱熹在福建武夷山下的崇安听到胡宏的弟子张栻很有学问，得其师真传，在长沙岳麓书院讲学，捺不住对胡宏的敬仰，盼与张栻会晤，翻山越岭，历时一个月步行一千五百公里赶到湖南长沙。绍兴三十年（一一六一），胡宏在四川病逝，张栻随父亲张浚到长沙，在妙高峰筑书院，张浚题名城南书院，二十八岁的张栻开始主讲。四年后（即乾道元），刘珙知潭州重建岳麓书院，请张栻主讲，一叶扁舟载着张栻来往于城南书院和岳麓书院，弟子遍及江西、浙江、江苏、四川等地，声名远播。

朱熹第一次到长沙城，从城南书院附近的六铺街湘江畔朱张渡上船，渡湘江、跨橘洲，到对岸的桃子湖口（湘西古渡）上岸，去岳麓书院。湘西古渡现立麻石牌楼，即现在的牌楼口大牌楼。朱张二人吟诗"怀古壮士志，忧时君子心"。执手寒暄，互倾相见恨晚。在岳麓书院会讲之时，朱张论辩真理、探求微奥，三天三夜不曾停歇，长沙城一时舆马之众，饮池水立涸。听讲弟子，济济一堂，凝神听讲，专心答问。

朱熹受与岳麓书院一江之隔的城南书院邀请，长期来往于岳麓书院、城南书院讲学，张栻不舍朱熹，长期陪朱熹来往于湘江之上。江上桅樯川流，洲上云树如烟，山水洲城古渡串联，成了朱熹、张栻的路途风景。太守刘珙在岸边建船斋，供朱张二人往返时休息，朱张二人也曾以"船斋"为题作同题诗自娱。后人为了纪念朱张渡人讲学的美德和两位鸿儒的思辨精神，将涉江的渡口称为朱张渡。朱张二人擅弹七弦之琴，日间唱诗吟赋、授课会讲，入夜以诗谱弦、各唱心怨。朱熹诉说早已仰慕胡宏，没能在其有生之年拜会而遗憾。当时，朱熹才三十七岁，张栻三十四岁，首开书院会谈之风，远近学子云集，客栈人满为患，城内街巷羽扇纶巾，书香儒风四溢。这样的日子延续了两个月，在岳麓书院和城南书院轮番上演。朱熹作诗："偶泛长沙渚，振衣湘山岑。烟云渺变化，宇宙穷高深。怀古壮士志，忧时君子心。寄言尘中客，莽苍谁能寻。"

绍熙五年（一一九四），朱熹再次来到长沙，任潭州知州兼湖南路安抚使。十几年的时间，倏忽而逝，张栻已经于淳熙七年（一一八〇）去世。四十七岁的张栻英年早逝，朱熹悲痛不已，托人致祭："嗟唯我之与兄，脂

志同而心契，或面讲而未究，又书传而不置。盖有我之所是，而兄以为非；亦有兄之所然，而我之所议；又有始所共向而终悟其偏，亦有早所同挤而晚得其味。"张栻葬于宁乡大沩山区龙塘（今黄材水库侧），身旁还葬有父亲张浚。张浚力主抗金，一生总难遂愿，临终嘱咐张栻："吾尝相国家，不能恢复中原，雪祖宗之耻，不欲归葬先人墓左。即死，葬我衡山足矣。"张栻死于江陵，灵柩出江陵，老稚挽车号恸，数十里不绝，四方贤士泣涕相吊。张栻墓原用花岗岩砌成墓围，三合土封冢，青石墓碑刻有宋大儒张南轩先生之墓。清同治年间又为其立碑，敕令"文官下轿，武官下马"。现在一片衰败，荒草萋萋。朱熹到长沙，继承友人张栻遗志，把建设岳麓书院放在重要位置，扩书院，立条规，名扬天下。

朱张渡成为岳麓书院学子往返湘江的主要渡口，历代修建未断。朱张渡吸引无数文人凭吊，以泄心中激动或惆怅。清李家骏诗："一楫苍江渡，千秋胜迹留。潮添湘水合，沙拥橘洲浮。道岸先登涉，文津共溯游。英英三楚地，事业企前修。"革命烈士方维夏思今怀古、奋笔疾书："风雨城南几十年，摩挲残碣思依然。即今遥望朱张渡，犹是秋高月在天。"清嘉庆十七年，湖南学政汤甫捐建朱张渡亭于水陆洲，岳麓书院山长袁名曜作记。咸丰十一年（一八三一），湖南学政胡瑞澜重修渡口，东曰文津，西曰道岸，皆朱子讲学时所名也。清代朱张渡口的岁修、油舱费全由民间捐田、捐争维持，慷慨之士大有人在。仅道光十一年，杨振声就捐银一百二十两，交道事生息，充岁修费用；蔡先广、蔡先哲兄弟捐店铺两间，租金充作渡口经营之用。

现在，湘江两岸都修好了沿江风光带，朱张渡已经复原，成为景点，橘子洲也修复朱张渡亭，方便游客凭吊怀古，遥想当年朱张风范。

湘江乔口

乔口位于益阳、望城、湘阴、宁乡三市四县交界处，曾经水乡秀美、商贸繁荣，有民谣载："长沙十万户，乔口七千家，朝有千人作揖，夜有万盏明灯。"

从长沙到乔口，不足四十公里，现在是中南最大的鱼都，到此赏鱼、吃鱼、买鱼、卖鱼、玩鱼的人络绎不绝。我也曾多次到此品鱼，欣赏洞庭湖鱼美盛宴。

乔口毗邻湘江，水运发达，是古代商人的避风良港。今天，乔口仍继承其优良传统，保存着三地四县农产品的集散地，仅一点二平方公里的集市，百货、日杂、建材店铺林立、车水马龙、人流如织，形成四纵五横的市容。柳林江大桥通车后，打通了长沙向北的发展通道，四纵三横两环一桥的交通网展现在面前。

乔口历史悠久，团头湖古遗址距今五千多年，湖尾古遗址有春秋战国部落的足迹，三贤堂为宋人修建，供奉着曾到乔口深发感慨的屈原、贾谊、杜甫，乔江书院为元代修建，清朝诏赐，成为全国闻名的书院。

团头湖是天然湖泊，湖岸曲折多弯，为南洞庭湖岔口之一，长沙地区最大的湖泊。总水面八千亩，东起靖港樟木桥，西至马转坳，南连宁乡左家山果园，与撇洪河相通直达湘江，湖区四季风景宜人，南部群山绵延，林峦毓秀，湖内碧波荡漾，水天一色，有仙泥墩、塔山咀、樟木咀、黑公咀等

第一辑

湘野清风

四十八咀，有美女晒羞、河螺晒孔、兔子望月等景观。民间流传："团头湖四十八咀，如果葬得起，代代有人在朝里"。一九八七年文物考察发现，团头湖共有文化遗址十六处，窑址十五处。

湘江边有座甑皮洲，像绿色舰艇浮在湘江边。传说那年湘江涨大水，乔口人民为了保卫家园，驻守在湘江大堤一线，仍没有阻挡住汹涌而来的水势，引发大管涌，填沙袋堵木材都无济于事，集镇上白点世家的师傅手提甑皮跳进管涌，管涌才慢慢退去，师傅却再也没上来，他大无畏的牺牲精神换来了全镇人民的安宁，乔口人民深受感动，给这个无名洲取名甑皮洲，现在这里绿意葱葱，生机盎然，每当春天来临，洲上充满欢声笑语。

唐代大历四年（七六九）春，杜甫从岳阳沿洞庭湖、青草湖进入湘江，过湘阴，准备去长沙会他的好友韦之晋，第一站抵达乔口，留下《入乔口》："漠漠旧京远，迟迟归路赊。残年傍水国，落日对春华。树蜜早蜂乱，江泥轻燕斜。贾生骨已朽，凄恻近长沙。"垂暮之年的杜甫，为了乞求盘缠北归洛阳，在颠沛流离的乱世，不得不找朋友告罄、投奔，显示出杜甫晚年的凄凉和无奈。

乔口是长沙北界，《唐书》载潭州有乔口镇兵，尉迟恭在此监修渐源寺，可见唐代乔口已经很繁荣了。

杜甫登上乔口的柳林江，斜晖脉脉、垂柳依依，虽然甑皮洲春意正浓，激发人生斗志和希望，可是已经近黄昏。杜甫只好在乔口投宿，找到乔江客栈住一晚。杜甫与店家把盏长聊，了解乔口的历史和民情。仁厚的店家敬重诗圣杜甫的才华和诗情，以温酒暖被相待，并且拿出乔口的特产白鱼、匙吻鲟、闸蟹等款待杜甫一家，给杜甫漂泊湖湘增添了温暖。店家又给杜甫介绍了乔口的历史：千多年前，楚国的三闾大夫屈原被贬沉湘，在乔口留下漂泊的身影。九百年前，西汉文豪贾谊途经乔口去汨罗江凭吊屈原，在乔口写就一篇巨赋《吊屈原赋》。杜甫联想到自己与贾谊都因上疏远离京都，又来到南蛮之地的长沙，不尽凄恻。

杜甫离开乔口,乔口人民为了纪念伟大的诗人,把他上岸的地方改名杜甫码头,乔江客栈改为杜甫客栈。从此,乔口声名大振,来往文人墨客,都下船凭吊、缅怀,特别是明清崇尚杜诗,停驻乔口的文人骚客更多,留下的诗篇也不计其数。

　　明代薛瑄,从乔口去长沙,留下"香兰屈子赋,苦竹鹧鸪声"。(《乔口溯流往长沙》)清代康熙年间的高层云,特意在乔口把船停下来,感受杜甫夜泊湘江的意境,写出"玉湖流水倒涵天,旅泊凉生乔口船。回忆君山空翠湿,湘娥淡埽立秋烟"。(《乔口夜泊》)江闿有"奔走乔江口,春阴客思赊。淹留牵墨绶,书疏隔京华。空岸随烟断,孤帆引雨斜。前贤曾去住,莫更怅云沙。"(《过乔江口》)乾隆年间的张问陶,留下"万古怜词客,支离且未还。吟情半湘水,古木满寒山。霸气销三户,雄心隘百蛮。鸡声堕江月,携梦出秋关。"(《乔口》)

　　更有诗人与杜甫隔世唱酬,感叹人世凄凉。清代康熙年间长沙县教谕徐则论,有"趁泊寻烟入,怀情望古赊。才名人已远,诗句地增华。乡国归心断,依栖落日斜。为君凄恻意,一倾向长沙。"(《乔口怀杜追用其韵》)乾隆年间的孙良贵,有"子舍行来近,君门万里赊。一身轻似叶,两鬓渐生华。市舶喧朝集,江村哄日斜。田园芜尚未,聊复就长沙。"(《入乔口步杜韵》)

　　乔口现已阡陌纵横,稻浪飘香,成为望城粮仓,人民富足,民风淳朴,翠堤晓岸、波光潋滟、景致怡人,斜晖映照,水明风清,四季花郁,最适人居。

　　我到乔口,除了品鱼,最大的兴趣就是寻访杜甫足迹,思古怀忧。

第一辑

湘野清风

浏阳河

　　浏阳位于湖南东部偏北,东邻江西铜鼓、万载、宜春;南接江西萍乡,湖南醴陵、株洲;西倚长沙市芙蓉区;北界岳阳平江,是块特殊的湖湘赣语之地。

　　浏阳古属荆州,东汉建安十四年(二〇九)属周瑜俸邑。因孙思邈丢羊和流羊起城等传说,定名浏阳。《水经注》载:浏水流经其县南,县凭溪以名县也,县城在淮川。浏阳建县一千八百多年,是我国著名的将军之乡和花炮之乡,更是湖南刘氏的聚居地。姓氏学家何光岳先生对浏阳的解释是浏阳最早以居刘氏而命名。

　　浏阳河又名浏渭河,原名浏水。浏,清亮、清凉貌。山之南,水之北谓之阳,故称浏阳。浏水因浏阳城改名浏阳河。曾经杜甫就为张若虚的《春江花月夜》而泛舟浏阳河的双枫浦,留下名篇《双枫浦》:"辍棹青枫浦,双枫旧已摧。自惊衰谢力,不道栋梁材。浪足浮纱帽,皮须截锦苔。江边地有主,暂借上天回。"后人仰慕张若虚、杜甫等名人,来浏阳河凭吊的文人墨客络绎不绝。

　　浏阳河是湘江的一级支流,发源于罗霄山脉的大围山北麓和南坡。大围山伫立于浏阳、醴陵、萍乡之间,群山阡陌叠翠、万壑崎岖争幽、流泉潺潺不绝,是理想的旅游避暑胜地,也是享受高山流水的名山胜景。北麓和南坡发源的大溪河和小溪河,流到浏阳城东十公里处,汇合成浏阳河,向西而去,婉转来到长沙。

浏阳河全长二百二十二公里,流经浏阳、长沙两地四十多个乡镇,曲折绵长,像翡翠绿带飘浮山岚之间。在浏阳形成了相台春色、枫浦渔樵、鸿客斜阳、亭劳草、药桥泉石、巨湖烟雨、吾山雾霪、中州风月等浏阳八景,并融入裴休、杜甫、杨时、孙思邈等名人流寓浏阳的轶事,由清代乾隆年间举人周忠信填成《浪淘沙·浏阳八景》词八首,从此浏阳八景扬名于世,文人骚客慕名而来,或题咏或作赋,留下不少故事和佳话。

浏阳河从源头大围山北麓、南坡奔腾而下,到大溪河、小溪河交汇处,即高坪乡双江口河段为浏阳河的上游;从双江口至镇头市河段为浏阳河的中游;从镇头市至长沙陈家屋场注入湘江河段为浏阳河的下游。浏阳河受人关注的是它的中游和下游,很少有人去上游,寻找它的源头和出处。

浏阳河上游,河谷切割深险,穿林涉涧弯曲奔腾,飞瀑珠帘汩汩作声,幽林深壑惊奇有趣,河水碧透鱼虾遨游。浏阳河中游,九曲漾洄飘浮如带,浪卷千堆中流击水,姿态婀娜游人如织,两岸翠屏不断,河谷风光旖旎。浏阳河下游,河道宽阔舒缓流淌,田畴沙洲流连忘返,稻香四溢满两岸,波光粼粼微风拂面,水绿鱼肥船如梭。

浏阳河十曲九弯,清波荡漾,非常迷人。两岸青山翠枝,紫霞丹花,四季飘香。西至双江口杨树湾,古树参天。时而峰回路转,急流深潭迭起,险象环生,惊心动魄,好不刺激;时而碧波荡漾,险峰、奇石、古树、鲜花、蓝天、白云倒映其中,带入山水油画般的美妙境界,让人浮想联翩,自我陶醉,不知所返。

我认识浏阳河,已经是二〇〇六年的事。我与妻子到浏阳去游玩,在大学同学欧阳稳江的陪同下,来到浏阳市城区的浏阳河大桥。我们站在浏阳河大桥上,瞻仰歌声里熟悉的浏阳河,让我为之震撼、激动。童年在《浏阳河》的歌声里,我早已熟悉了她的模样,这次见到真身,直想抒发

第一辑

湘野清风

021

对她的赞美,可是我对她的了解太少,不知从何下手,找不着词。

回长沙后,我在文献阅读中,慢慢熟悉浏阳河,渐渐接近浏阳河。也记下了刘腴深的《浏水棹歌》:源头路远夹清溪,河底沙明净浊泥。江海狂澜尽东倒,却输浏水尚能西。

浏阳河,是浏阳两岸人民的母亲河和精神领地。浏阳河水漂洗出来的夏布,洁白如银,是浏阳的著名特产,深受长沙、浏阳妇女所喜爱,做成艳丽的衣裳,穿出了她们自己的风采。浏阳河河道中所产的菊花石,成为世界奇石一绝,远销国内外,成为无数收藏家的宠儿,也成为外地人了解浏阳的地标物。浏阳河畔,还有著名的湘绣、花炮、豆豉、茴饼、纸伞、竹编等特产,饮誉海外,深受世界人民钟爱和喜好。

我们三人站在浏阳河大桥上,放开嗓子,唱起《浏阳河》:"浏阳河弯过了几道弯,几十里水路到湘江,江边有个什么县哪,出了个什么人,领导人民得解放,啊依呀依子哟;浏阳河,弯过了九道弯,五十里水路到湘江,江边有个湘潭县哪,出了个毛主席,领导人民得解放,啊依呀依子哟……"好像回到了童年,回到了歌声里。自新中国成立以来,《浏阳河》唱遍长城内外、大江南北,世人对其无限向往。

浏阳河是条挂满珠宝的彩带,沿途有开福寺、马王堆汉墓、陶公庙、许光达故居、黄兴故居、徐特立故居、谭嗣同故居、浏阳文庙、浏阳算学馆、孙隐山等文物、古迹相伴。近现代,浏阳河畔又诞生了谭嗣同、胡耀邦、王震、王首道、宋任穷、杨勇、李志民、罗章龙、李贞等一批伟人,彰显了浏阳河精神和智慧。

明末清初,大量客家人从江西迁入浏阳,分布在浏阳市东区、北区,约二十万人,改变了浏阳原有的风俗、习惯,形成现在的浏阳文化和浏阳河精神。

我住在长沙,最喜欢去浏阳河畔,那是长沙市城区的浏阳河段,从东屯渡至圭塘河段,河堤上的小树丛,枝叶茂盛,清凉舒适。走出树林,凭栏停驻,蓝天上飘着粉红色云彩,把浏阳河染成红色。炎炎夏日,浏阳河成为周围居民纳凉的好去处和兜风的好地方。

魏家坡

说起魏家坡,知道的人一定很少。提到银盆岭,长沙人就会知道它的具体位置。在银盆岭居住一段时间,大家必然会熟悉魏家坡的"郊情"和魏家坡的风情。

银盆岭位于岳麓区,在银盆路、潇湘路、岳麓大道交织的三角地带。东临湘江,南至周家冲、黄泥河,西接银盆岭村,北至张家湾、大塘嘴。相传,银盆岭是曾国藩的湘军驻防地,曾建营棚两座,时称营棚岭。后为革命军驻扎,改营棚岭为银盆岭,与金盆岭对应。

银盆岭地处河西偏僻角落,人烟稀少。民国初年,始建纱厂,在厂后街、竹山屋场、邱家湾建工人住宅,逐渐形成聚住区。一九一二年,经华纱厂依银盆岭傍湘江而建。一九三二年,经华纱厂改名湖南第一纱厂。一九三八年,湖南第一纱厂毁于"文夕"大火。抗战胜利后,在湖南第一纱厂旧址上建裕湘纱厂。新中国成立后,裕湘纱厂更名长沙纺织厂。又陆续在周边建了长沙船舶厂、长沙四水厂、长沙建筑材料加工厂、国家建筑机械研究所、长沙花纸印刷厂等,成为河西工业区。二十世纪八九十年代,又建裕湘医院、裕湘电影院、裕湘小学、裕湘宾馆等。一九九一年,湘江二桥通车后,银盆岭发展日新月异,高楼大厦鳞次栉比,成为星城西岸

一道亮丽的风景线。

魏家坡进出有两个口,一个是银盆岭,一个是六沟垅。从银盆路看,魏家坡隐若于银盆岭中,无人知晓。魏家坡虽然是个死角,却有它自己的繁华和风情。我住了一段时间,才知道魏家坡之大。从六沟垅进,就是火炬社区、创远花园等居住小区,有超市,有猪脚王、九道弯等饭庄,还有各色小吃、烧烤摊点,各类需要一应俱全。从银盆岭进,就是银盆岭路夜宵美食街,食客和美食纠缠到凌晨才散,还有歌厅舞厅。到裕湘小学拐弯,走双佰路,往前就是魏家坡。这里的房屋是旧时候的产物,红墙青瓦,墙壁刷满了标语,让人感觉回到从前。道路两边,樟树成荫,幽雅静谧。纱厂没迁走时,电影院前男女游荡,晚上热闹非凡,情话绵绵。走过这段小道,城市的繁华和喧嚣退出,进入了魏家坡郊外风情。

魏家坡居民,大都是当地原始居民。随着银盆岭建设开发,人口增加,男女青年多住于此,成了出租爱情窝,给郊外带来活力和生机。我居住在魏家坡,白天流连于都市男女,晚上就着灯光,携着曾经的梦想,写作读书,也可以游荡于双佰路,领略情侣风骚。

魏家坡往东,有座山丘叫狮子岭,沿狮子岭往下走,就是黄泥河。狮子岭两面各有一口水井,相距百余米,一脉相通,人称狮子井。相传大禹治水时,黄泥河有条孽龙兴风作浪,危害百姓,为了解救百姓疾苦,大禹派条金毛狮子前来镇压,苦战数日,孽龙被困沉于江底,金毛狮子力气耗尽倒在银盆岭上,化作一座山丘,眼部涌出两股清泉,即现在的狮子井。

清晨,站在狮子岭上,可以遥望湘江。放眼望去,湘江白砂如雪,垂柳如丝,樯帆如云。向南是十里长岛,浮于江心,郁郁葱葱,形意相随;向北凌波长桥,横贯东西,明光潋滟,沙鸥点点。

我在魏家坡住了三年,熟悉那里的一草一木。终因地势低洼,通讯不便,搬到别处安身。我却时时忆起魏家坡的风情,常去那里看望东家和旧友,也去品味那里的美食,享受郊外的风情。

∨∨∨ 第二辑

山水印象

渌江书院

渌江书院,在中国书院史上也是可书可写之院,却很少有游人墨客惦记着它的文化。二〇〇八年三月,万物生华之时,我到醴陵,顺便去了渌江书院,体验文化的沉淀。

醴陵,《荆州记》载:"渌水出豫章康乐县,其间乌程县,有井,官取水为酒,与湘东酃酒常年献之。"春秋战国时,醴陵以稻米酿酒著称,故称其地为醴,产酒地在翁陵山下的乌程乡,又名乌程酒,晋代仍为贡酒。醴本旧称,合陵为号,遂有醴陵。《史记》卷十九:汉高后四年(前一八四)封长沙相越为醴陵侯,醴陵逐成封爵之地。南朝梁文学家江淹于梁天监六年封醴陵侯,三国时顾雍、南北朝桓尉封醴陵侯,南北朝淳于量封醴陵公,宋扬大异封醴陵男,皮龙荣封醴陵伯等。

在世人眼里,醴陵以陶瓷、花炮闻名。

醴陵的陶瓷是清代雍正七年(一七二九),广东兴宁廖仲威移居醴陵,在沩山附近发现瓷泥,向小沩山寺住持智慧赁山采泥,创办瓷厂,生产釉下青花瓷。后向赤竹岭、老鸦山、王仙、大林、漆家坳、五石窑等地扩展,成为拥有瓷厂百余家的醴陵瓷城,现在都在全国有名。

醴陵麻石是花炮祖师李畋的故里。唐代贞观年间,李畋用火烧竹,为唐太宗驱鬼治病。后吴楚等地瘟疫流行,李畋在麻石附近用竹筒装填火药燃放,用爆炸时产生的气浪和硝烟驱散疫瘴,为老百姓治疗。后来花炮在醴陵得到了发展,成为现在的东乡花炮基地,与浏阳的花炮齐名。

醴陵文友李陵,多次邀我前往,正逢妻子休息,约株洲周琼同行。除了谈那些每次都不忘记的文学,就是游玩醴陵的山水,了解醴陵陶瓷、花炮、古城。

西山位于醴陵之西,南接仙岳山,与城市相隔渌江。《方舆胜览》载:唐李靖驻兵于此。石壁刻有李靖遗像,后山腰建靖兴寺。

据《唐书》载:六二一年,李靖奉命征伐割据湘北、湖南的梁王肖铣,驻军醴陵西山,其妻红拂随行,不幸染病而亡,李靖葬她于此,故西山又名靖兴山。

醴陵三月,西山杜鹃红遍,丛林茂密,绿满山头。唐代诗人韩偓曾咏靖兴寺:杜鹃枝繁艳无比。王守仁《过靖兴寺》题诗:隔水不见寺,但闻清磬来。

公交车开过渌江桥,在仙山公园脚下停住。从仙山向南,都是西山之地,连绵几里,有五个山头,被誉为五指峰。

按李陵的安排,先到仙山公园瞻仰醴陵名人,顺便凭吊左权。

烈士陵园以左权纪念碑为中心,占地一千四百平方米,种植茂密的柏树,纪念碑周边有石栏围护。走进烈士公园,展现在我眼前的是一座宽大的石梯,上百级麻石。在石梯下仰望纪念碑,油然生出一股威严感,有些压抑。走着级级石梯,敬意层生,走完石阶,人有些喘息。纪念碑前一坪,开阔平整,麻石平铺,并附有白石栏杆。我依栏杆休息片刻,缓过神来。妻子累得直喊叫,脸也涨红。纪念碑高三米,左权塑像高五点五米,全用白水泥浇注。正面有邓小平题的左权将军纪念碑;北面有彭德怀撰写的《左权同志碑志》;碑后墙上嵌刻周恩来、朱德、贺龙、叶剑英、董必武、陆定一题词。碑身气势雄伟,庄严肃穆。

瞻仰左权,才知道他原名左纪权。一九〇五年生于醴陵黄长矛岭,八岁入私塾,十岁转小学念新书,能诗文,乡里誉为神童。一九二二年秋,左

第二辑 山水印象

权入醴陵县立中学,即渌江书院。不久,左权参加革命,是醴陵走出去的第一个革命者。李陵讲了一些民间流传的左权故事,让我更加想了解左权,对他读书的渌江书院也充满兴趣。

从纪念碑南边下至沿河的公路,首先与我们接近的是渌江。渌江系湘江支流,把醴陵分成河东河西。按古代布局,河东为城,河西为渌江书院,背负的西山,两地来往就凭渌江上的一座桥,名为渌江桥。始建于南宋,原为木墩木梁,后改石墩木梁,宋至清多次毁于洪水和火灾。清代乾隆年间,富绅彭之冕两次捐修渌江桥。一九一八年,北军撤退后在木梁上挖坑数十个,塞棉絮浇煤油烧之,桥被烧毁。一九二四年,富绅陈盛芳倡议建石拱桥,捐银圆三点四万元,田租二百五十石,建成长一百八十六点七米,宽八米,十孔的石拱桥。桥用麻石建成,一九二五年竣工,康有为题"渌江桥"三字,傅熊湘撰写渌江桥碑文,刻嵌于下首桥侧。渌江中有状元洲,洲上有墩。醴陵文人武将很多,却从未出过状元,取渌水中的小洲为状元洲来激励渌江书院学子。

渌江书院坐落西山半山腰的山凹,三面山环抱,面向渌江。书院以宋元明学宫故地为基础,建于乾隆十八年。还保存有完好的考棚,是当年学生考试的地方。

朱熹两次到醴陵,在学宫讲学。醴陵人为朱熹绘有画像,刻于碑石,至今犹在。左宗棠为第十届山长,培养了不少学生。两江总督陶澍从治所回安化,途经醴陵,见左宗棠写的一副对联,非常欣赏,驱车到渌江书院求见。左回拜,陶留之通宵长谈,并订儿女亲家。咸丰十年(一八六〇),左宗棠已是清廷名将,率军过醴陵,满城文武列队欢迎,左宗棠只点头示意,发现迎候队伍中有当年学生,连忙下车握手,后又致函书院山长,邀请学生前往共事。渌江书院后来改为小学堂、中学堂,再办师范。李立三、左权、宋时轮、陈明仁等名人都在此上过学。

渌江书院门口有两棵古樟,树干要两人合抱,现还枝繁叶茂,给渌江书院的兴旺作了见证。左边坡下有一清泉甘甜,名洗心泉。再往前走,有一坪,宽阔无比。书院坐北朝南,依次头门、讲堂、内厅。走进大门,青砖铺地,长满绿色的青苔。院中有两棵柚子树,虽然没有果实,嫩芽满枝,花苞累累,更见书院的幽静。抚摸那历史遗留下来的石柱石栏,冰凉透骨,也可以考究那工艺。走上几级石梯,到了书院堂前,挂有"为人师表"的匾额,那是古代师长授课之地。右有厢房一排,为学生住所。渌江书院虽没有岳麓书院的宏伟宽阔,倒也有着它的清净、隐蔽,是个读书的好地方。

渌江书院右侧有靖兴寺,中间夹有宋名臣祠,为纪念南宋抗金名臣、湖湘学派巨子吴猎、皮龙荣、杨大异等人。厅墙嵌有黄自元书"宋名臣祠记"碑刻。祠前古樟树下有石桌石凳。

书院后门,往右上山,有红拂墓,附近有傅熊湘、阳兆鹏、陈盛芳等名人墓。往左上行三百米,有宁调元墓,旁建太一亭,内嵌青石两方,一刻林森褒扬令,一刻于右任书宁太一纪念碑记。墓上立程潜书宁太一先生之墓石碑。

走完,我感叹历史文化的沉积。

梅山龙宫仙境

在新化生活了二十年,不知道有一个梅山龙宫溶洞,当我寄居长沙十余年,梅山龙宫的名声越来越大,时刻牵挂我的心怀,常做着梦——如果有一天回到故里,一定要去梅山龙宫看看。

近几年,我常穿梭于新化与长沙之间,从没有机会让我去看一次梅山龙宫,今年四月,我到新化县城办事,居北京的罗伟也回新化,罗寄柏、罗业中两人从老家赶来作陪,聊起新化的发展,少不了要说梅山龙宫。第二天,罗伟安排我们游狮子山公园,却没成行,我提议去梅山龙宫,我们四人都没有去过,更加兴趣盎然。

梅山龙宫位于新化县油溪乡高桥村,是个地下溶洞群,共分九层,上万个溶洞,现探明长度两千八百七十六米,已开发面积五万八千六百平方米,可游览路线一千六百九十六米,包括四百六十六米罕见的地下神秘河,八十多个大小石厅,被誉为"亚洲最美的地质博物园"。洞内景观奇特、图案丰富多彩、石钟乳丛生、石笋兀立、石柱如林、石幔如幕,分九龙迎宾、碧水莲宫、开天辟地、梅山风情、龙凤呈祥等景区。

相传,黄帝登大熊山时,将九龙峰点化成九条青龙,沿九股清泉游入九龙池,再入资水,被油溪石竹湾的风光吸引,一住几千年。梅山后人把这个岩洞叫作梅山龙宫。

我们从县城出发,沿着资江行走,两岸青山浮动,资江婉转蛇游,河岸怪石林立。车至油溪资江边,我们下车逐级而下,有游船相迎。旁有小吃摊点,摆的是我多年没吃的糁子粑,我抓起一块就往嘴里塞,微甜的糁子加上花生馅的芳香,让我回到了童年的美好记忆里。

资水较深,河床不宽,游船几分钟到达对岸。上岸后有景区游览车迎接,车在水泥路上慢慢晃悠,两旁树影成趣,稻田嫩绿,朴素的妇女用憨厚的笑容欢迎我们。游览车将我们带到一个宽阔的广场。穿过广场,看到一座汉白玉石桥,桥头有蜿蜒的遮阴篷,悬挂于石壁之上,一直深入石洞,那才是梅山龙宫的入口。

踏着潮湿的石阶,进入洞内,慢慢宽敞开来,乱石林立,悬空的石块让人想起强烈的地质运动。继续深入,传来阵阵水声,再往前走,水声越来越大,从地下河中发出,穿过石缝,汇流成溪。

前行石壁上，一位穿着长衫的老者，面容慈祥，背着行囊，抱着孩童，面带微笑，徐徐飘来，这图景和真人大小、表情生动、细节逼真、形象传神，是传说中的孔子游学。

不远，前路消失，酿有一圈小潭，船数十条。我们登船而上，有武师把舵，岩石与水面相邻很近，坐在船上，伸手触及石壁，途中小景甚多，有一步三叹之感，也有惊险动胸，慢慢游走，才知道是一条暗河。走过一个小景，又会迎来一道关隘，武师使出浑身力气，力挺岩壁，小船悠悠划过，耳边有澎湃的水声。河道狭窄弯曲，路途变化多端，两岸怪石，峥嵘牙突，各种石钟乳、石笋、石旗、石幔层出不穷，令人目不暇接。前有硕大的莲花宝殿，似倒挂莲花，脉络清楚，水流如幕，令人叹为观止。

我们在美景中摸索前行，在地下河中探险觅奇，看到的这些美景，比裸露之景来得沉重，也更震撼心灵，心中的快感也倍增。

往前走，裂开的巨大天然钟乳石莲花、一片剥落的花瓣以及带有红色血团的哪吒，钟乳石莲似乎可分可合，周围雾气蒸腾，花瓣剥落。再往前走，水中冒出一座巨大的金山，气势磅礴、妙不可言、妩媚多姿、意味无穷，既有粗犷伟岸又有婉约秀雅，顶部数百万根洁白无瑕、美妙绝伦的鹅管和钟乳石，巧妙构成巨大的瑶池，足有三百六十八平方米，池底水平如镜，水滴池面，洞中天籁之音，扑朔迷离，如在梦中、疑似天堂。

转悠二十多分钟，暗河走完，弃舟登岸。随着石阶一级级往高处走，石笋和钟乳石逐渐多起来，像座茂密的森林，在灯光的映照下，发着五彩光芒，犹如梦境、仙境，飘逸轻柔的钟乳石中，像走在宫廷帐幔里，飘然而起的烟幕，我们开始飘飘欲仙。天宫雾凇像雨像雾又像风，细如牛毛，参差不一。穿过石洞往前走，罕见的泥沙古河床分成上、下两层，古河床上层钟乳石千奇百怪，石笋酷似宝塔，半透明且脉络清晰的石幔，在灯光映衬下富丽堂皇、异常精美；古河床下层悬挂着细如牛毛、洁白无瑕的大面积的细小鹅管，几根柱子支撑着断面，清晰地留下流水冲刷的

痕迹。

慢慢走完溶洞，见到阳光，虽然出了身大汗，心情却起伏不平。

回到广场，我们见到了橙子蜂蜜糕，吃了一通才回县城。

雾绕天门

我多次到张家界，都没有停下脚步来流连这美丽的风光。这次特意从长沙赶到张家界陪古清生考察武陵源和中国大鲵，才有正式的时间来审视张家界的风光。我们这些天的行程，由张家界日报社龚爱民先生安排，三人游玩了不少地方，也还算惬意。

我们正安排去走金鞭溪时，长沙的同事一天数次来电，要我赶回长沙处理急务，我只好把要走的地方一减再减，最后确定看完天门山就回长沙。

我没有上过天门山，对天门山的地形地貌一点不知，懵懵懂懂与古清生开车到天门山索道站。买好票，坐上缆车，听广播才知道，天门山索道是世界最长的高山客运索道，全长七千四百五十五米，高差一千二百七十九米，分下中上三站，上山全程要四十分钟。

早上起床，古清生就告诉我，张家界的雾很大，可能上天门山看不清楚，看我是否确定去天门山。古清生写文章，我洗漱，讨论今天的旅行安排和我回长沙的具体时间。我从小生活在山区，知道晨雾来得快也退得快，只要天气放晴，雾很快就会消失干净。我到酒店外面走了一圈，看到

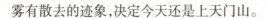

雾有散去的迹象，决定今天还是上天门山。

坐上索道，升到半空，对山顶看得更清楚。我才发现山顶还是被浓雾笼罩着，并且是白茫茫一片，什么也看不清楚，我才有些后悔。

索道从市区向天门山方向滑去，穿过市郊的村庄，虽然没有稀奇的景观，也有种高空鸟瞰村庄的感觉，带点兴奋。

索道慢慢向上攀升，离地面的高度越来越高，能看到的地面景物越来越模糊，我才感觉索道的陡峭。当索道在山石间穿行，心底发出一阵又一阵惊奇和赞叹，不得不感叹当时建筑索道的艰辛。

索道翻过一个陡峭的山头，开始向山下滑行，通过吊篮玻璃，可以看到周边的景物，虽然看不很远，周围的东西还是看得很清晰，我们下坡的陡峭程度根本不亚于上坡，吊篮划过一个支柱，每移动一次就要波动一次，人就有小小的惊动，好在大家有意说一些无聊的事情，把注意力吸引开去。

索道平行滑过高空山谷，在两山之间，看到山谷里有条蜿蜒盘旋的公路，公路像根带子在青山间铺出一道密密的白线，非常优美自然，从山谷一直向天门洞方向攀升。左右眺望，很难看到公路的全景，更加感觉到可惜，只好掏出相机，拍一些照片作为纪念。

吊篮慢慢往山崖靠近，奇峰在云雾间突起，看到这些突起的山石，才知道照片和电视里的张家界景色是真的，不得不感叹大自然的鬼斧神工。奇石在云雾间，看不到谷底，也看不到山峰间的奇突和沟壑，更加感觉不到吊篮与山体的高度。我心里才没有什么恐怖感，越往奇峰靠近，就越感觉到吊篮与山体贴在一起，吊篮在山壁上笔直上行，心中才有些震撼。

翻过这个笔直的奇峰，吊篮到了中站。我们没有下吊篮，一直去上站，想从上往下看。吊篮外面的云雾飘荡得越来越厉害，围着山峰转来转去，非常迷人，吸引了视线扫射。山体和奇峰只能透过云雾去欣赏，若隐若现，像仙山。天门洞也只能看到模糊的影子。

第二辑
山水印象

我们到达上站,走出吊篮,才知道山上的气温完全不同,市区穿 T 恤还热,山顶已经凉风习习,稍带冷意。

天门山的神奇,一是因为有个天门洞:据说公元二六三年,嵩梁山千米峭壁轰然洞天,玄朗如门,成天下奇观。洞高一千三百一十五米,宽六十米。嵌于千米绝壁之上,如明镜高悬,一年四季吐纳云雾雷电,充满神秘感。另一是与古人有关,即鬼谷子和李过。鬼谷子曾在天门山的鬼谷洞修炼,留下他的侧面头像。李过是闯王李自成的大将,闯王败退京城时,李过为闯王转移国库金银财宝,意图日后东山再起。李自成败走夹山寺,李过在天门山出家,法号"野拂",把财宝藏在天门山上,寻找宝藏的人纷至沓来,均空手而归。

我与古清生都不喜欢导游领着转,喜欢自己找景点游玩,一直往山顶走,边走边拍路边的花草树木,寻找天门山上稀奇古怪的草木。虽然找了一些树木,因为游人太多,给我们的拍摄带来许多不便。又加上山顶云飞雾绕,光线比较暗,雾气堕落,身体渐渐凉却。一路走走停停,走到山顶,是一条去天门寺的索道。我们不想把时间花在看寺庙上,就走高山游路,看幽林古景。

标示牌上有鬼古栈道、野拂藏宝,我们想去探秘一番,寻找了几圈,都没有找到鬼古栈道。我们就沿着山道往下走,在一个宽敞的地方停下来。石壁上留着"鬼古栈道起点"几个字,我们没有理会,在附近的凳子上坐下来休息。

不久,一位导游带着一队游客过来了,古清生一问,他们说去走鬼古栈道,我们也跟在后面,栈道不宽,就米把宽,两个游客可以并排行走。又加上云雾开始上升,我们像走在电影里的天宫,腾云驾雾,好是一番惬意。走了四五十米,云雾开始慢慢散开,露出一些悬崖峭壁,心里就感觉有些恐怖。但是扶着栏杆,还是敢往下眺望。

慢慢往前走,山峰越来越突立在空中,人有一种被架在高空的感觉,恐怖气息越来越浓。我不敢靠近栏杆,走在山体一面。再往前走,山风开始大起来了,吹拂着衣服,惊吓出来的汗水很快就干涸,身上有些凉意。我只好用右手握着栏杆,一步步往前挪,看到好的风景,我都不敢空出右手来拍照。

好不容易走完一半,有个土家族姑娘在唱山歌,我们坐下来休息。我有种想往回走的想法,但又想,还是坚持走完,毕竟只有一千五百米栈道,走过也是一种经历。

休息一阵,体力恢复了许多,胆量也大了。我又开始边走边拍,还没有拍几张,我举起镜头,不小心把广角罩子打下来了,在栈道上蹦跳了几下,还是停了下来。我捡起广角罩子,再往下看,这里深不可测,我心里更加恐慌,把相机打好包装,不敢拿出来随意摆弄。虽然走得不慢,还是走了一个多小时才走完鬼谷栈道。

栈道走完,前面一座钢丝高架桥连接两座山峰,足有百几十米,中间用木板搭着,人走在上面有些摇晃,桥面比较宽阔,我无法抓着铁栏走,只好走桥板中间。走在前面的人在摇晃,桥摇得更加厉害,有些站不稳脚,看着桥下的峡谷,不由自主地把脚步停了下来。我努力走完钢丝桥。

我们已经又饥又渴,却没有食物可以补充。前面是一个天然的石壁马桶,裸露在广场上,我与古清生拍了几张照片,大家戏娱一番。

我们往下走到天门寺,坐索道返回山顶,没有再逗留。也没有安排去中站和下站,还是直接坐下山的索道回市区,因为我下午要回长沙。坐下山的索道,只有我与古清生两人。天门山的雾已经全部散开,山体的本色完全流露出来,植被的树叶红艳可爱。

吊篮从悬崖上滑下来,在每个支柱上摇晃几下,我的心脏都快蹦出来了,原来我们上山时被云雾掩盖了山体,没有看到陡峭的山坡,更没有看到万丈深渊的山谷,没有恐怖感。现在看到这些怪石嶙峋的山体,胆就怯了一半,吊篮下滑,我明显地感觉到吊篮在下坠,恐怖感就更强。虽然下

山的景象比山上要清晰得多,观赏性要强,我也很少睁开眼睛看看景物,还是保持身体坐稳,让心情平静,安全回到市区。

当我回到市区,仔细想想这次天门山之行,觉得都在雾里看天门山,在云雾中寻觅天门山。

凤凰沱江

凤凰是座掌上古城,只有珍珠大小,沱江伴着古城,弯弯拐拐,把吊脚楼次第排列,增添几分古典淡雅的气息。作为中国第一百零一座文化古城,因为沈从文的小说、黄永玉的画笔,把边陲小城描绘得充满诗情画意,又不失文化底蕴,小小的古城,成了文化与心灵的归宿。

凤凰原名镇竿镇,城墙依伴沱江,两座城门临水,背部倚山,组成山寨式古城。北有沱江跳岩,方便两岸人们来往。不足两千平方米的古城,给历史留下许多光辉痕迹、人物和传说故事,增加了凤凰的人文氛围。那古老的城墙,流连多少文人墨士的芳心与文字,也记录着日夜思念的灵魂。

深夜的凤凰古城,像个睡熟的少女,没有娇滴的掩饰和讨人喜欢的媚笑,表露本性真情,等待旅人亲近,山峦像她的胸脯起落,有着诉说不完的情调和思绪。闪烁着红灯的长线,是闻名的沱江,点点灯光在黑暗里浮动,是沱江的游船,游人夜赏沱江两岸美景,开始烂漫的午夜生活。打开窗户,隐隐听到沱江浣衣女捶衣声,伴着山歌,高低变化的调子,缠绵优柔的唱腔挑拨着不眠人的心,想着那些儿女私情,心海波涛汹涌。静静的古城,其实没有一点声响,静得有些空虚和寂寞。蒋子龙曾经写过:"凤凰要夜里去",感受它的静谧和安详,也许蒋还没有感觉到这点。

沈从文在他的小说里写了一条河,叫沱江,读者戏称小秦淮河。当年,凤凰城的水手从准提庵码头上岸,第一个去处是沱江边的吊脚楼。那里,有个女子曾经与他有过一夜的熟悉,现在还点着灯笼等待他的回来。这些痴情的水手,左手蛮腰右手土碗,对烛呷酒,快活人生,淫淫笑语,尔尔清谈,消费男人的精力与体魄,也把用生命换来的钱交给女人与身体的快感,保存着那份日夜的留念。这也许是文人的迷恋和想入非非,把个凤凰小城描绘得太有声色。

在凤凰,最有情调的当然是那些不大的酒吧,经得起推荐的是一页情、稻草人、流浪者、流渡者。漫步在出城的石板路上,就会情不自禁到准提庵享风,品味凤凰酒吧的风味。一页情就在旁边,穿过廊道,拾阶而下,有个二三十平方米的露天平台,堤边长着一棵树,树枝沙沙作响。

坐在平台上,就见夜泛沱江之客在船头点着一盏灯,桨儿轻轻划过水面,惊醒睡觉的鱼儿,欣赏两岸夜景或几人对坐闲谈、把酒话诗,过着清闲的时光和梦境般的生活。好事者,趁着漆黑之夜,扛着相机咔嚓咔嚓地在沱江里闪着银光,留下沱江的记忆和夜晚的红灯笼。

夏夜,享受凤凰的夜晚,需要叫几个朋友,围张桌子,上几瓶冰啤或现煮一壶咖啡,放曲轻松的音乐,闲聊慢品,咀嚼着人生风雨和凤凰风情。清凉的河风,掀去暑热,隔江对望,万名塔的灯火辉煌,指导着人生的方向。秋冬之夜,燃盆炭火,江风带过,吐着蓝纯的火苗摇摆。喝着杯中白酒,上壶热茶,借着酒躁和炭火,水寒之气吹乎不停,身体也没有哆嗦之态。光秃秃的树权撑向天空,劲爆的音乐调起人的性情,与人合踢毽子,或许能回到纯真的童年。这就是凤凰的生活和味道,也是凤凰男人和女人的爱情招式,最值得文人描绘的情景。

隔江眺望,对岸红灯连连,一排三五个,那是酒吧灯影,红灯笼也是沈

从文小说里照亮水手上岸的光辉,寻找快活的艳影。生活在凤凰,就是一个有故事的地方,讲故事的都是那些中年男人,他们唠叨着自己的经历和青年时的风流往事,那是年代的历史和人生的价值,也是凤凰性文化的组成部分。

虹桥,是凤凰古城商业文化的发祥地,古老的集市就是桥上的二十四个店铺,很早就为凤凰人的生活起居准备物资。现在的虹桥,不仅有流连忘返的苗家小饰品商店,还有咚咚作响的苗家鼓点欢唱和根雕。并且把商业文明发展到了夜晚的古城墙脚下,一个个背篓边,有一个个苗家女的身影,也有着祖祖辈辈传下来的宝贝,绝对让人激动。

西头望江亭边,有一块小坪,不足三平方米,常年坐着一位身材高挑、面清目秀、手巧心灵的女子,头顶树影、脚踏织花机、凝神聚目挥舞手中的梭子和彩线,织成一条条苗家彩带。她叫龙玉门,凤凰历史和文化的代表,也是凤凰千万个苗家女子的代表,织着人生的彩带和苗家的传统。沿江一排柳树,枝条垂蔓到碧绿如玉的回龙潭,四季翠绿。江中游船如梭,对歌与船工的吆喝号子此起彼伏,组成一幅山水图画。对面有座标准的吊脚楼,叫夺翠楼,那是黄永玉的画室,门口养着一条大黄狗,时时听到狗叫的声音。这就是凤凰的文化阵地,也是精神源泉,很多人来凤凰,就是想目睹大画家黄永玉的风采。

凤凰的早晨,最美丽的地方在沱江。刚天亮的那刻,河民开始了一天的劳作,静悄悄地行走在沱江两岸和菜园里。游客或者文人到凤凰,最好夜宿吊脚楼。蒙蒙的晨雾还在飘飞,就可以起床,走在安静的河岸边,观赏对岸的吊脚楼的活动,长长的河景尽收眼底,那种神形有说不尽的快活、舒服。选择一块石头,坐下来闻闻沱江的空气,带着水气,清新宜神,不自由地伸个懒腰,才知道生活的滋味。

凤凰古城的山景,有座听涛山。一九〇二年,竿镇镇诞生了一个男孩,叫沈岳焕,从小顽皮聪颖,常在凤凰山(后取名听涛山)嬉闹。一九八八年,男孩长大后变成的老头离开了人间,骨灰一半撒进沱江一半撒在无名石壁下,留了"维则"二字。石壁有两洞,一曰风洞,夏有凉风习习,冬有暖风阵阵;一曰水洞,夏有清泉汩汩,凉冽爽口,冬有碧水线线,温甜清神。石壁上没有世俗的碑文与墓志铭,只红砂石书八字——照我思索,能记我好。那就是沈从文的归宿,也是艺术的归宿。

凤凰古城,与文化息息相关的还有饮食,苗家的血粑鸭和苗鱼,把凤凰的文化、历史和人文都做在菜里,让苗人记住自己的祖宗和文明。

竿镇是千年苗乡,一直流传着吃酸食的习惯。苗人与汉人隔绝,生活在偏远山区,过着少盐的日子,只好用酸食替代盐。凤凰乃千年苗疆,战争不断,苗人为了生存和盐巴,必须打垮敌人,所以凤凰在战争里磨砺千年。而苗鱼,是他们战争的产物。血粑鸭是凤凰人的生活习惯,腊月家家户户杀年猪,做成糯米猪血丸子,再用它来煮沱江里养大的水鸭。水鸭是沱江的一道风景,也是凤凰人的一位水神。

解读凤凰,并不是它的古城墙,还是城墙外的原始商业和历史文明。

大泊水的山里世界

大泊水位于江永县城北二十三公里的千家峒瑶族乡霸王祖村后,这里高山峻岭,树木葱郁,突改江永特色。

山门近路,只见山势,很难感觉到这山里深藏着世人罕见的美景。沿小径入山,路不甚宽,却是石板铺砌,溪伴路行,溪水清澈,水声潺潺。前

行百余米,始得入山,山势开始峻峭。山的世界已经显现,江永之山乃嫩色,中夹岩石而灰白;大泊水之山由树饰,林木茂密,整山青绿。

继续上行,路势显陡。溪声渐大,河床渐宽。小路穿过树丛,溪中横卧一桥,桥木橙黄,非常显眼,桥上架设凉亭,亭中长凳三四,乃歇息之用。也可能是古之凉亭,为上山者歇脚。闲坐亭中,可近视河水,溪流宽阔明朗,砾石遍卧溪中;远观山色,层次远近分明,山势刀削林立。桥前坡势渐缓,突现毛竹林,竹茎嫩白,竹叶碧清,凤尾招摇。透过竹林,对面有一个小瀑布,像根银筷竖卧山中,非常吸引我的眼睛。

再行百余米,天空突显宽阔,右面山崖空空,岩石如刀削而下,石中夹生杂木,像一朵朵插上去的花朵。又有一桥跨溪而过,桥面近溪,溪中小石麻密,河床平坦,螃蟹往来游弋。游人可以脱鞋入溪,与山水亲近,寻找自然的快乐。也可以赤脚步行,感受山石的清凉。

沿坡前行两百余米,路旁一潭,约十几米见方,溪水如碧,水击声嚯嚯。再望岩壁,有忘忧泉三字。站在潭边,仰望绝壁,原来桥上所见石壁就在潭上,可以更加清楚地看到石壁的一树一木和绝壁的高大。路随山势一转,又跌落山谷,站在桥上,沿溪下看,连环两潭,第二潭为前见之忘忧。前行五十步,左面岩壁有一瀑布,像把披散的银丝。我才感受到大泊水的路沿溪行、溪随山转、弯弯曲曲螺旋而上,风景散布谷中,沿途流连。

再前行,山势急陡,半路一潭,大约忘忧,潭底平坦,名曰浴仙泉。据说这是仙女曾经沐浴的地方。如果是一个真正的驴友,那可以到潭中裸游,做到真正与自然融为一体。

走完坡路,地势显平,远望山腰,盘旋一团白雾。又有一桥,桥上小歇,感觉凉风习习,风不大,却带着点水汽。沿右面石壁上行三百级,前途平坦,可见对面山头有一段瀑布,源头清晰可见,瀑尾隐没难见。路势平行,可感凉风扑面;透过林丛,瀑布隐隐可见。前行百余米,林木稀疏,风力渐大,手中雨伞已为风所动。林尽景现,风力已经把手中的雨伞抬起。沿石级而下，站立桥上，瀑布就像一个着白色长裙束腰的少女站在面前，只是把她的头转了过去隐没在青山中，白瀑布就像撒出去的雪，接近潭边，还撒起了一层白雾。再往上看，瀑布两边林木不多，就是一石壁。再抬头上望，就见远处看到的那团白雾，原来是瀑布的水汽。从桥上走下河谷，风势越来越大，前行十余步，就见水潭右边的青草吹得呼呼啦啦响，雨雾飘来，轻轻地撒在脸上。再进一步，风就越大，我就越想搂着这个白衣少女。背过身来，飘飞的水雾就像细雨。走到潭前，少女的裙摆飞着细雨，我却发现自己的衣服已经湿透了。

返身上桥，沿途锁链已经变得洁亮。沿途而返，慢慢回味路途美景，出得山门，衣服已经全干，自己就像做了一场美梦。

奉家山水奉家雨

旅走奉家，所见山水与以前的旅程所见不同。

我曾经在很多地方漫游，省内的山看过张家界、南岳衡山、邵阳崀山等数十座名山，大川也见过黄河、长江、珠江和湖南的湘资沅澧，却没有找到游览奉家山的感觉。

奉家山很小，小到就像一朵莲花。从新化县城出发，往西走一百零五千米，是邵阳、娄底、怀化三市的交界处。地处雪峰山尾端，海拔高，山峰险，气温低。

奉家山的山水按准确的说法应该是只有山，而没有水，因为整个奉

家山镇就被莲花状的山峰围起,奉家山人生活在那花心里,过着花心的生活。山里虽有溪水,却没有江河。而奉家山却有一条渠江,确切地说应该是小溪。就是以为奉家山的山如莲花,川若小溪,有一种浓缩的美,也有一种本质自然的美。

走进奉家山就像闻到一股清新的花香,给我的视觉补充了新鲜的视野,让我这个常年与山水相伴的"山人"都无比兴奋。

有朋友对我说,去奉家山看山,要带着些雨点才有味,那样既可找到山水的灵性,也可以找到奉家山的韵味,奉家山的山天生就带着朝露迎接艳阳。我想,我这一生看过的山水也算不少了,还从来没有听说要带着雨点去读山阅水的。

赶到奉家山的那天,已经是傍晚了。天色已暗,凭着我近视的眼睛已经无法再阅读奉家山的美丽了,只好忍着性子等待第二天的光辉。

我被淅淅沥沥的雨声吵醒,本就疲惫的身躯无法再连接那个已断的梦。昨日的晴朗已经被早起的雨点所淹没,剩下的只是朝雨和朝雾。我的生活里不喜欢雨,更不喜欢它的缠绵不断。想到我那美好的行动被这雨滴所毁,心中的怨恨就油然而生。

等我从床上慢慢爬起,窗外的雨景与我对雨的印象有所不同,雨点已经很小,淅淅沥沥的声音也像有气没力的样子在撕裂,再加上不紧不慢的滴滴声,就让我想起了那敲打的音乐。虽然不是高山流水般轻漫,却也能清心除烦,如果有点欣赏水平,那也能够融造一种幻美的心境。

走到窗边,透过玻璃,山已经被朦朦胧胧的白雾包裹,山不见了,水不见了,只剩下波动的白雾。雾是那么纯美清淡,像散泼的薄纱。

我准备离开窗台,不经意地往楼下一看,地上湿漉漉的,就像刚被清水洗过。推开窗户,一股雨后清新的空气马上扑过来,给我带来缥缈的小水珠,增加了皮肤的湿度,我不禁油然地深吸了一口。那种舒服和感觉我无法用文字形容。

雨停了,雾气慢慢地稀薄,青山的图像也越来越明显。慢慢地,雾气上升,山脚露出些脸面,一瓣一瓣地鼓现在我的视线里,像铺排的面包。雾气散尽,山峰呈现,像叠起的等三角。

后起的伍哥告诉我,奉家山是雪峰山脉的一部分,海拔较高,整个奉家镇都在这个山窝里,山峰里三层外三层,就像莲花盛开。在这山窝里,白天艳阳高照,晚上雨水不停。我就按着他的说明进行了考察。

在旅走奉家山的后面几天里,我领略了奉家山的山和"水",也洗刷了我从城市带来的尘埃。

南岳衡山

衡山以"历史悠久名气大,五岳独秀风光好,中华寿岳众人仰,佛道并存影响广"著称,被尊为五岳之一。小时候听过她的很多故事,自踏上文学之路,就非常期望能够旅走这样的名山,自从事旅游文学以来,多次到衡山,几乎走遍了衡山的每个景点,都没有留下文字。这几天,突然发觉,衡山就在我心中,还是多年前脑海的那些记忆。

衡山这座神奇的山岚,为历代帝王、名人仰慕。远古时代的尧、舜、禹,均到过衡山祭祀。大禹治水,曾在衡山杀白马祭告天地,获天赐金简玉书,制伏滔天洪水。东汉末年,张道陵把道教带入衡山,成为中国最早传播道教的圣地之一,佛教传入中国,很快传到衡山,成为独立的一宗,高僧有慧思、怀让、马祖等,最早有史可查的寺庙是岣嵝峰的云龙寺,建于东晋

三二六年至三三四年。

衡山在五岳最南端，又名南岳，位于湖南省中南部衡阳市南岳区，南起"雁阵惊寒，声断衡阳之浦"的回雁峰，北止"停车坐爱枫林晚，霜叶红于二月花"的岳麓山，横跨八个县市区，绵延八百里，有七十二峰。衡山群峰巍峨，气势磅礴，祝融、天柱、芙蓉、紫盖、石廪最著，常年香火旺盛。祝融峰是衡山最高峰，南岳四绝之首，登衡山必上祝融，可以极目楚天，流盼崇山峻岭，古人云："不登祝融，不足以知其高。"黄庭坚的《衡山》诗说："万丈融峰插紫霄，路当穷处架仙桥。"祝融是神话传说中的火神，主管人间炊烟。祝融殿始建于隋，现存为明代所建。西边有望月台，在晴朗的夜晚，可以瞭望星空，别有一番美景。峰顶有观日台，是衡山看日出的好地方，很多游人为了看日出，常常凌晨四点上山。男女老少，手提肩扛，都是香火之物，在欣赏完美景，忘不了要上祝融峰顶烧炷香，保佑平安。

衡山山高林密，环境宜人，气候独特，最适宜避暑和赏雪。衡山有一百零八所庙宇（现存二十六所）、三百七十五处摩崖石刻、二十四岩、十二洞、七潭、八溪、二十泉、三瀑布。综合衡山景色，有衡山"四绝"：祝融峰之高、藏经殿之秀、方广寺之深、水帘洞之奇；衡山"四海"：花海、林海、云海、雪海；衡山四季奇观：春看花、夏观云、秋望日、冬赏雪；衡山佳景：飞瀑流泉，茂林修竹，奇峰异石，古树名木。李白有诗称赞衡山："衡山苍苍入紫冥，下看南极老人星。回飙吹散五峰雪，往往飞花落洞庭。"

衡山最著名的是夏秋的烟云，韩愈诗云："祝融万丈拔地起，欲见不见轻烟里。"当我站立祝融峰顶，忽然间云雾升腾，团团笼罩山岚，我像迷失在云雾中，又好似腾云驾雾感受那一缕缕一团团的青烟白气，流荡于指隙和肌肤。一阵清风拂过，山峰清晰可辨，视野开阔。

衡山的冰雪，是年轻人的天堂，每当进入冬节，到衡山来看雪景、雾凇、雨凇等的情侣住满了南岳镇，很受游客追捧。我曾去看过一次，爬上高高的祝融峰，满眼所见，树林都给冰雪包裹，如冰封世界，一层白茫茫的冰凌映衬着我的脸，白里透红，寒风吹过，我不停地颤抖。

衡山自宋徽宗题词"寿岳"和"天下南岳"，名声更著于世，来衡山烧香拜寿的络绎不绝，成为中国南方的香火中心。衡山的景点主要为寺庙，游客多为香客，也有不少文人墨客。

南岳大庙在南岳镇，祝融峰的山脚下，占地九点八万平方米，是江南最大的寺庙。始建于唐开元十三年（七二五），今存大庙为光绪八年（一八八二）重建，规模宏伟，集宋元以来古建筑之大成，南北九进，有正殿、寝宫、御书楼、盘龙亭等，正殿高二十二米，庄严肃穆，气势雄浑，殿内七十二根石柱象征衡山七十二峰，正殿中央供奉南岳司天昭圣帝，即祝融神，东西两厢有道教八观和佛教八寺，以示南岳佛道并存。我总会在大庙烧炷香，来表达我对南岳圣帝的敬仰。

衡山寺庙甚多，最著名的有福严寺、南台寺、藏经殿、方广寺。福严寺规模最大，称衡山第一古刹，寺右一株银杏有一千四百余年，树干粗壮，枝叶茂密。南台寺始建于六朝，日本佛教曹洞宗视其为祖庭。藏经殿建于赤帝峰下，因明太祖赐《大藏经》一部，故名藏经殿，周围层峦叠翠，古木参天，景色秀丽，有摇钱树、同根生、连理枝、允春亭、梳妆台、钓鱼台等古迹，杜甫《题衡山》云："林木在庭户，密干叠苍翠。"方广寺在莲花峰下，古树苍苍，流水潺潺，幽雅深邃。这四座寺庙即衡山四绝：祝融峰之高，方广寺之深，藏经殿之秀，水帘洞之奇。现新增四绝：穿岩诗林之趣、禹王山城之古、龙凤飞瀑之雄、麻姑仙境之幽。

祝圣寺是南岳最大的丛林佛寺，五进八群院落，有五百石刻罗汉，山上有"南岳夫人"魏华存的黄庭观和飞仙石。

唐代宰相李泌曾在南岳隐居十二年，其子李繁为纪念其父在南岳修建邺侯书院，后又有人建了文定书院、甘泉书院、集贤书院等十余所。古书云："天下之书院，楚为盛；楚之书院，岳为盛"。

南天门下方有船状卧龙石，名飞来船，衬以流云，好比船在云海中乘

第二辑
山水印象

风破浪,南天门的石牌坊是高耸的桅杆。牌坊分中门、左川门、右川门,中门上方镌刻"南天门",左、右横楣刻有"行云""施雨",字迹端正醒目。

麻姑仙境位于天柱峰下,相传为南岳夫人侍女麻姑仙山飞天祝寿的地方,有麻姑祝寿、绎珠亭、盗桃石、卧虎石、灵芝石等。

磨镜台位于南岳半山亭,现有"祖源"石刻。抗战时期,周恩来、叶剑英在这里举办南岳游击干部训练班,蒋介石亦数次在此举行军事会议,宋美龄曾设别墅于此。

忠烈祠在香炉峰下,仿南京中山陵形式建的大型祠宇。一九四二年,国民党为了纪念抗日阵亡将士修建忠烈祠。祠依山而建,前低后高,分牌坊、"七七"纪念塔、致敬碑、享堂,占地一点四四万平方米。四周有十三座大型烈士陵墓,整个忠烈祠掩映在苍松翠柏中,甚是幽静。

每当我欣赏完衡山的景色,都会在南岳镇吃一顿衡山的斋席,有一品香、二度梅、三鲜汤、四季青、五灯会、六子连、七层楼、八大碗、九如意、十样景。用茄子、豆类、面粉、莲藕、萝卜、瓜果做原料,仿鸡、鱼、肉、蛋之形状,办成与荤食同名的酒席,达到以假乱真的程度。斋席味道清香鲜嫩,为荤菜所不及。还有一种南岳豆腐,做成豆腐煲,口感绝妙,百吃不厌。

靖港古镇

靖港离我的心很近,像熟悉的妻子,虽然能够感觉到她的气息,我却没有去过一次。曾几次下定决心去靖港走走,都没有实现这个愿望。

今年早春，我终于动了心，奔靖港约会。约定日期，那天早起，天空哗啦啦下着雨。我有所犹豫，后来还是决定成行。从长沙出发，在疾驶的公交车上，听到雨滴敲打声，心情反而平静许多，模模糊糊的玻璃外，看不到路途的影子，只能享受冷冷的车窗。到望城，我换上前往靖港的班车，雨渐渐小了。沿着湘江行走，柳树早已翠绿，有种融入自然的快感，心情也放松不少。

靖港原名沩港，在湘江支流沩水口处，唐朝李靖击败萧铣，镇守长沙驻军于此，治军严谨，百姓从没受到过骚扰，李靖去漠北后，乡人怀念他，敬仰他，改沩港为靖港。

靖港距长沙三十公里，与乔口相邻，与铜官隔江相望。坐落在湘江西岸，水运便捷，是益阳县、宁乡县、湘阴县、靖港区四地农产品的集散地。靖港帆影不绝，顺江而下直通岳阳、武汉，沿江而上至衡阳，俗名"小汉口"。

靖港曾是湖南四大米市之一，淮盐经销口岸，商贾云集，市场活跃。清末，靖港有粮栈米号二十多家，手工作坊繁多，古驿站、古街无数，最有名的是青楼宏泰坊。长沙民谣："船到靖江口，顺风都不走。"一八五四年，石贞祥击败曾国藩水师，曾国藩两次投江自尽，所幸被人救起，靖港从此更加被人牢记。

我下车后，雨小了很多，还是零星的飘着几点，风却非常犀利，刮得人生疼，我裹紧了衣服。

我与妻子在当地朋友刘红芬的带领下，往右，走上宽广的保粮街。我马上就回到了古香古色的环境，有种时空转换的感觉。往前走，是靖港诗词碑林，刻着历朝历代描写靖港的诗词曲赋。我欣赏着这些碑刻、诗词，感觉自己畅游在靖港的历史文化长河中，体味着靖港的历史。再往前，耸立着一座牌坊，就是靖港大牌坊。后边靠近汽车站。

我们折回来，从进入保粮街的口子往左走，走上那条小街。这里有钱

氏豆腐坊、李万顺号,是靖港著名的豆腐生产商,也是靖港古代商号代表,曾经名扬天下。看到现在的境况,我想:古代的繁华已经淹没在历史的泡沫中。

拐弯往前,走过拱桥,是靖港第一坛的姚记坛子菜,在现在靖港人的生活中占非常重要的地位,也是靖港人每天吃的坛子菜。

我们正式走进半边街,沩水即靖港马上展示在眼前,沩水岸边树木杂立,河水碧蓝,江面开阔,波澜不兴。沿江有石坪和石梯,可以走下去抚摸沩水。河中曾国藩靖港水战古战船闲置,被一排乌篷船围着,有种休战的意思。半边街对岸,民居林立,农庄繁荣。走在泛白的半边街上,有股幽静、清新的感觉,偶尔听到几声木槌声,喷嗒喷嗒。走近前去,才知道是商家在造木槌酥。我抡起槌子,也帮着砸几槌,虽然没有学会技术,倒也有些乐趣。我买了半斤木槌酥,边走边尝食,味道不错,花生、芝麻、核桃、蜂蜜味道齐全,还一层一层的,非常脆爽。

转个弯,继续往前,是保健街。有栋灰墙红瓦的老平房,是一九三〇年中共湖南省委机关的办公旧址,毛泽东等人曾经到过此地。右边有陶承故居,是"革命母亲"陶承的住所,现在改为博物馆。再往前,有栋木质结构、青砖灰瓦的古香古色会馆,那就是宁乡会馆八元堂,大厅庞大,后有戏楼,可以聚会议事,也可以看戏,现在改为唱靖港地方戏的场所。再前,是长沙最后一家妓院宏泰坊,建于清代雍正十年,有三百多年历史。

跨过拱桥,往前走,就是保安街。这里有剪纸、打铁、钉称、泥人等店面,是城市文明下几乎绝迹的手艺,匠人们悠闲地做着自己的事情,好像与世隔绝。

我抬起头,已经走到尽头,雨不知何时停了,天气也没有那么冷冽,石街上的人开始多起来。我停下来细看,原来都是游客,不知道是从什么地方冒出来的。

琵琶溪

在张家界金鞭溪的上游,有一条小溪,它的名字叫琵琶溪,也许很多人知道它的名字,却对它没有多少关注,也没有人发现它的魅力和风采。我这次到张家界,是陪几位老同志考察张家界景区,住在离金鞭溪不远的琵琶溪宾馆,与琵琶溪毗邻而居,真实地领略了琵琶溪的魅力。

我到外地出差,有个不好的习惯——睡宾馆的床无法入睡,折腾到两三点才能入睡,早上容易醒来。到张家界的当天,一路舟车劳顿,身体极度疲劳,晚上朋友宴请,喝了点酒,我用温水浸泡半小时,洗漱完后很快就入睡了。睡到凌晨三点,起床上厕所,再上床却无法入睡。只好掏出笔记本写稿子,码了两三千字,时间还不到五点。我在房间里实在不想待,想到外面去走走,感受大山的早晨,悄悄开门出来。

走出房间,一座白墙青瓦、红柱吊脚带着浓郁湘西土家族吊脚楼风味的建筑群呈现在我面前,宽敞的庭院和静静的走廊,空气非常清新,有种无法言说的舒服和畅快,我徘徊在庭院间,没有人来打扰,也没有嘈杂的声响。我静静地漫步庭院间,呼吸着新鲜空气,享受美丽的早晨。飘荡在庭院的雾气慢慢散去,天色也有些明朗,可以看清细小的物什。我下定决心,到宾馆外面去走走,感受一下大山,感受早起的晨雾,感受溪流的声音和泉水的声势。

我虽然生长在大山里,进城十多年,大山的早晨渐渐离我远去,回忆

也很难见到真实的景象，来到琵琶溪，应该可以回味童年的梦，寻找到真实的我。

走出宾馆，开门见山，山势迎面而来，青山如黛，连绵起伏；晨雾如带，飘荡在山色间，我有种心潮澎湃的感觉，一是激动，二是梦境。我不得不放慢脚步，慢慢感受童年的绚丽时光和渴望的梦境。

琵琶溪绕着琵琶溪宾馆婉婉流过，对面有条公路结伴而行。我走在公路上，紧挨小溪，听着泉水叮当，望着溪流跳跃，心结缓缓活动，很想坐下来，把脚伸到溪水中，让溪水淘洗。

琵琶溪发源于枇杷界，溪头有成片枇杷树，溪水常年叮当不息，如拨琵琶之声得名，又名枇杷溪。溪谷呈不对称"V"字形，局部谷地宽阔，流向变化很大，上游从三姊妹峰向北奔流直下，至中游龙凤庵突然急转，向东流去。溪面最宽四十米，最窄五米，全长五公里，落差二百米，流经途中声势宏大，水势滔滔，于老磨湾汇入金鞭溪。琵琶溪流泉青白相间，两岸树木葱翠林立，溪声弯蜿陶然，似曾熟悉，琵琶流韵，却从没听过。如我年纪，静听溪声，浮躁尽去，感受十里长谷，漫步溪崖，抑扬琵琶意韵，如少女喉咙滑落、指尖淌出，与山色流下溪谷，古老的生命传承，蕴含溪声之中，叙述从前旧事，山谷音符，优美婉转，宽大胸襟，包罗万象，追溯千古，远近皆知。溪中琵琶，滴滴答答，如玉佩轻敲，似瘦泉泻崖，剪不断的叮咚，经过景致过滤，又是一份感动。

静坐溪边，琵琶溪年轻流畅，犹如侗音琶韵，流出翡翠，徐缓微颤，溪声敲在我的心床，嘈嘈切切错杂弹，大珠小珠落玉盘。漫步溪边，心灵空荡，无思无欲，爱琴之心忧伤，思念琵琶，思绪琵琶，游走在时间与风景之外，歌谣不老，日月沧桑，一番感叹。

琵琶溪与黄石寨、金鞭溪、鹞子寨近在咫尺，地处天然氧吧之中，周围林木繁茂、岩峰嶙峋，美景有夫妻岩、九重仙阁、望郎峰、朝天观等。夫妻岩位于山峦顶部石峰之巅，似紧依相偎的两颗人头浮雕，五官俱全，一个笑意绵绵，一个表情沉稳；望郎峰奇妙无限，从不同角度看，望郎峰呈现三种仪态，天真烂漫的少女、成熟稳重的中年妇女、老态龙钟的老婆婆，让我思绪万千。

呼吸着山氧，倾听着溪声，享受着晨雾，一番宁静，一番洗礼，一番呼唤，我回到了大山，回到了童年，却落到了琵琶溪的岸边。

秀隐谷山

隐居深山，是城市生活的迫切愿望。住长沙甚感喧嚣，希望找处宁静之地养息，一天午后，我离开市区只身寻找明朝谷王朱橞的隐居之地谷山。谷山在岳麓区望月乡谷山村附近，询问当地百姓只知道谷山冲，我进入峡谷，狭长平缓，两面山峦高耸。

谷山原名鹤形山，又名云母山，蜿蜒二十公里。谷山主峰谷王峰海拔三百六十二点三米，周围原始生态植物保护完整，树木葱郁，云缭雾绕。朱元璋第十九子朱橞封到长沙做谷王不久，洪武帝驾崩，燕王夺位，派兵讨伐有威胁的谷王朱橞，因寡不敌众，谷王归服朝廷，不问国事，隐姓埋名入谷山为僧，将宝宁寺改名谷山寺，谷山从此流传至今，也成为隐居的代名词。

谷山环境雅致，地势险要，道路崎岖，怪石嶙峋，藤萝攀附，古木参天，溪涧淙淙，保留了很好的植被资源，二〇〇一年六月望城县林业局批准为县级森林公园，范围跨岳麓区望岳乡、天顶乡和望城县星城镇，地域东至

望岳乡谷山冲将军坳,西至螺丝就山脚竹叶塘,北至星城镇青山坳金甲水库,南至天顶乡大塘冲。从南面遥望谷山山脉,酷似一把大围椅。

谷山自晋唐以来就是中国佛教名山,有"麓有麓山寺,谷有谷山寺"的评说。唐末高僧保宁仁勇禅师修建开福寺后,朝拜各地名山大寺,云游三十年后到谷山冲,立愿建一寺方便云游僧众。保宁禅师找楚王马希范为施主,捐建寺院,楚王出巨资修建,并敕封"宝宁禅寺",成为当时湖湘著名的佛寺。湖湘诗僧齐己听闻保宁寺后,沿靖港询问而来,到保宁寺游玩一圈,作《游谷山寺》诗:"城里寻常见碧棱,水边朝暮送归僧。数峰云脚垂平地,一径松声彻上层。寒涧不生浮世物,阴崖犹积去年冰。此生有底难抛事,时复携筇信步登。"表示纪念和羡慕。宋代临济宗杨岐派高僧法泰游历到谷山,驻过一段时间的谷山寺,著有《佛性泰禅师语要》传世,中有单篇记载谷山寺。

明朝中叶,《莲池谱》记载:谷王朱惠披缁入山,遂更名保宁寺为谷山寺,寺内有四十八庵,以石鼎焚香,终日云烟缭绕,香火旺盛。清朝康熙年间,谷山寺僧人收集前人功德,编纂《谷山志》,邀请著名学者谕胡之作《谷山志序》,弘扬谷山寺佛法。嘉庆年间,谷山寺住持晓迷著《无碍诗草》,部分诗词收入邓显鹤编撰的《沅湘耆旧集》,成为湖湘著名诗僧。

清末,寻访隐居之地的诗人和僧人越来越多,杨世安就是一个,他到谷山寺,看到喻果民题写的对联:了世间不了之缘,便成上乘;凡天下非凡之客,始到名山。感叹良多,便作《登谷山》诗:"谷山与岳争空地,耸入青天势未已。盘旋鸟道登山尖,一碧遥看洞庭水。苍茫独立翠微间,此身不信在人寰。长啸一声下山去,芒鞋带着白云还。"一九一一年,谷山寺的牌坊被拆除,佛像被砸,僧徒被遣,剩下一座空寺。一九一五年,原住持常静长老发起修复谷山寺,湖南省省长汤铭大力扶助,收回香火田,每年可收租谷三百六十担。历时四年,谷山寺恢复原貌,结构布局全仿古开福寺,两进两横,左右走廊。寺前山门约五丈高,山门上有"敕封宝宁禅寺"六字,"大千世界;不二法门"嵌两边。二龙戏珠泥塑的鳞爪珠须活灵活现,顶罩琉璃瓦。进得山门,中有天井,明代桂花树两棵,枝繁叶茂。踏五十三级麻石阶梯,进入大雄宝殿。殿宇高大,由几根四方石柱支撑。殿顶盖铁瓦,殿脊正中有七层葫芦顶,两头镶嵌着陶塑小佛像。殿内佛像铁铸,主像丈六金身。走廊两侧有斋堂、禅堂、寮房、方丈房等建筑。寺内还办小学,学校起名宝宁小学,有四十名学生。一九二七年,长沙郊区农民协会设址谷山寺,萧劲光、滕代远、孔福生等常在寺内召集会议,开展农民运动,《湖南国民日报》《北京晨报》曾有报道。随着谷山寺的发展,僧人越来越多,一九三三年住僧达三十七人,成为长沙地区佛教八大丛林之一,李肖蚺曾撰联:谷口应书声,看牧童坐诵,樵子行吟,任他角挂肩挑,英雄偶尔皆千古;山林成物色,记玉版参时,懒残煨处,当此笋香芋熟,宰相依然领十年。抗日战争时期,湖南佛教慈儿院驻谷山寺,谷山寺进入鼎盛时期。

　　一九四九年,长沙和平解放,谷山寺完好无损。一九五一年,谷山寺菩萨被砸,钟鼓磬和铜佛铁像被运走,两柜宣纸铅印本《大藏经》付之一炬,香火田分给农民,僧徒相继离去。一九五二年,望岳乡贫下中农将谷山寺辟为校舍,办起谷山完小,有一至六年级六个班,师生二百多人,邻近谷山乡、大湖乡、黄金乡的学生来此入学。一九六九年冬,谷山寺被拆除,将寺院材料运至苦竹坳另建校舍,谷山寺从此不复存在。以后,望岳乡建立谷山林场,谷山寺所在地白云坡辟为苗圃,作为场部使用。现尚存古桂一株,参天耸立。二〇一〇年,新的谷山保宁寺还在修建过程中。

　　山不在高,有仙则名。谷山就是其例。谷山有风景名胜百多处,五座大山环卫,镶嵌九座水库,誉为"五龙朝圣,九珠相托",小景点有壁上挂灯、烈马回头、罗汉肚、风门坳、刀背脊、仙人坡、一字洞、青龙嘴、黄狮岭、金鳅井、白虎排、观阵台、将军坳。据清乾隆《长沙府志》载:"谷山盛产青纹花石,可制砚,与庐山石砚媲美,扣之无声,发墨有光。"这也许是文人墨客不断寻访的主要缘由。还有就是长沙民谣说:"头顶黄狮岭,脚踏

第二辑 山水印象

十八丘,哪个砌得正,代代是诸侯。"黄狮岭是谷山的一个景点,也是一座有名的山峰,十八丘在长沙玫瑰园广场处,这两山之间有十六座山峰,峰峰清秀,封顶极度传神,为风水宝地,据史载,长沙王及其贵族的墓地集中于此,连南宋抗金名将刘琦夫妇也合葬十六峰之中。

我走到谷山寺,谷山脚下良田万顷,公路直通谷山水库,即谷王峰脚下。攀上谷王峰,谷山中白雾丛生,峡谷模糊不清,放眼远眺,视野开阔,周围的岳麓、尖山、乌山、黑麋峰、鹅羊山尽收眼底。

七里冲

七里冲地处梅山腹地,乃新化与安化的交界处,两面山峰对峙,中间峡谷通过,这就是古老的七里冲驿道。宋神宗安抚梅山蛮,江西抚州府金溪县青田里有大批人口迁入此地。七里冲被发觉,成为交通要道。特别是迁徙的人慢慢进入深山老林,发现了当地的特产:茶叶、油茶、油桶、棕等,七里冲成为必经之道,其价值越来越大。

七里冲古道是一条伴溪而行的驿道,弯转曲折,小桥较多,短短的七华里,有十八座桥。留下了七里十八桥的俗语。在这条驿道上,每天可以看到的是古道、西风、瘦马、小桥、流水、人家,让多少文人心动。

七里冲的两端,为两座高山,北端为大熊山的川江岩,南端为浮清山,中间夹着一座小山峰,名杉山界。杉山界两边都是新化县圳上镇的山溪、海龙,这一带森林茂密,多产松树、杉树。在山脚的杉树林中夹生很多油桐、棕，在山顶的松树林里，树叶匍匐在树底，散开像地毯，油茶穿插在林稀处。川岩江下有个古村落，叫洞市，即安化的后乡，安化茯茶、黑茶的原产地。浮清山下为浮清乡，即安化的前乡，通往梅城。这里的特产，都要翻山越岭走向外面的世界。

七里冲，从明清至解放后数百年，商贾云集，肩挑马驮，主要运输茶叶、油桶、油茶、棕等物资。最多的是茶叶，也就是黑茶，盛夏之际，松树林里的茶叶在摘过松针（头茶）后，经过梅雨季节的滋养，茶叶长得又长又细，可以摘到两尺长的嫩茶叶，一个妇女一天可以摘几百斤鲜茶叶，在制作成黑茶砖后，通过水路，肩挑马驮至牛田驿（洞市），用竹排木排顺麻溪而下，入资水，到益阳、长沙（靖港）、湘阴（茶湖潭）、岳阳、武汉；陆路翻过浮清山，走大道至梅城、宁乡、长沙，再运往大西北，成为牧民喝的茯茶。

七里冲有两条岔道，为郑家冲、汉子冲，都住了不少人家。七里冲沿途也有几户人家居住，方便商贾收集物资和借宿。因为商贾繁多，土匪也慢慢增加，劫持商贾，郑家冲和汉子冲的人家开始以舞龙为名习武，保家护院，曾出过不少把式，土匪不是他们的对手，土匪再也不敢在七里冲一带为非作歹，只好远走他乡。

晚清时期，左宗棠任陕甘总督，在西北推广安化黑茶，安化黑茶成为西北用茶的主要品种，七里冲的茶叶、油桐运需量日益上升。十八桥本来是由山中杂木株树、梓树做桥梁，在冬季下雪结冰以后，削平的桥面比较滑，但是过往商贾不少，有个李姓的桐油商，挑着一担桐油走七里冲，因为桥面很滑，摔倒后桶破油漏，他立誓，发财后就要修好这十八座桥，几年的桐油生意，他发了财，带上百工匠到七里冲修路架桥，杉山界上下坡用青石板铺成石级，十八座桥全部换成青石板桥，石板从洞市运来，当时路窄，三年六个月才修好七里冲的路与桥。十八座桥，每座桥由两块一尺五寸宽的清石板拼成，桥墩全部用青石砌成，非常牢固，现在还完好

无损。

从此，七里十八桥在方圆数十里名声大振，过往客商都选择这条驿道行走，日夜都有无数客人。路途飘逸着茶叶的香味和山歌声，增添了热闹的气氛。

我走在这古老的驿道上，肩挑马驮已经稀少，不时会想起曾经的繁华。

紫鹊界

紫鹊界旧名止客界，客人到此止步的意思。

紫鹊界位于雪峰山脉奉家山系中部新化县境内，最高海拔一千五百八十五点二米，总面积四百四十平方公里，有梯田八万亩，连片梯田两万多亩，分布在锡溪管区海拔五百米至一千一百米的山坡上，累积五百余旋级。梯田最大不到一亩，最小如蓑衣、斗笠大，只能插几十兜禾。梯田靠纯天然降雨和山泉灌溉，旱涝保收，甚至越旱越丰收。紫鹊界有句谚语："天下大乱，此地无忧；天下大旱，此地有收。"

紫鹊界梯田融大、险、奇于一身，它规模巨大，地势险峻，全靠人工凿石挖山而成，整个梯田分布在十几座大小不一的山头上，山与山、田与田之间阡陌纵横，没有水库山塘，也没有水渠，全靠茂密的森林涵养的泉水补给，梯田线条流畅，形态优雅，像画家的曲线。当我看到漫山遍野的梯田级级垒砌，不由得想起春天绿油油的地毯漫坡而下，秋天金灿灿的稻波爬满山坡，让我心潮澎湃，很想小住些日子来欣赏这美景。

明朝正德三年（一五〇八），紫鹊界的居民——古苗瑶不堪官府盘剥，李再万等聚众起事，拉开一场遍及新化、安化、叙浦、桃源、湘乡、宁乡等地长达七十多年的反抗斗争，到明朝万历十一年（一五八三）新化知县姚九功攻破元溪山才平息此事。

紫鹊界南一里有个地方叫杀人场，是李再万义军的中坚力量驻扎地。

当官兵围困村寨后，不敢贸然进攻，提出要与义军谈判。七雷公等人一个提担水，一个提担谷，一个肩上担只斛桶，桶内装半桶水，大摇大摆朝官兵走来。官兵知道义军蛮力甚大，硬攻难于取胜，采取围而不战夜间搅乱的战术，几日下来村人疲惫，官兵突然袭击，很快打败义军，将全村男女老少统统杀绝。两百多年，无人敢去杀人场，直至清咸丰年间，才有罗姓迁入此地。

紫鹊界西面来过坳，曾叫来尸坳。明朝这场战争，来过坳尸横遍野，随手可捡到人骨。姚九功为了巩固战果，实行入穴建堡、编山氓入图籍，在紫鹊界南不足五十米的地方建起纸钱堡，统治古苗瑶人。清道光新化志载：纸钱堡，万历十一年知县姚九功擒元溪贼首李廷禄，以贼老屋为新堡，堡官移镇于此。

紫鹊界梯田起源于秦汉，形成发展于宋明两代，有两千余年历史。苗、瑶两族是紫鹊界梯田的始创者和耕耘者，创造了紫鹊界梯田的雏形。宋代章惇《开梅山诗》：人家迤逦见板屋，火耕硗确多畲田。

苗瑶汉三族聚居紫鹊界，人人性情开朗，个个殷勤好客，常用山歌迎接远方来客。新化山歌有土、野、痴、逗、俏的风格，《郎在高山打铳玩》唱进了中南海怀仁堂，博得毛主席的赞扬。紫鹊界的陶情歌谣："梅雨时节天茫茫，插秧要莳糯谷秧，郎要多春糍粑敬岳老，姐要多做荫米疼情郎"，是梯田里劳作人民的号子，也是他们交流感情的工具，深受百姓欢迎。

紫鹊界是湖南万年稻作文化的标志性遗存，是梅山先民在狩猎文化向稻作文化转化的端口。攀爬在紫鹊界的梯田里，让我饱览眼福。当我站在八卦冲，放眼远望，梯田漫山遍野，层层叠叠，条条蜿蜒的田埂曲折有致，隐隐如弧线灵动；老马凼两面大山耸立，梯田陡峭险峻，似天马飞落谷底；九龙坡俯看九道山梁若隐若现，似九条龙争相竞越，直撺山巅；在丫髻寨极目展望，梯田四季美景尽收眼底，春来水满田畴，串串银链直挂山麓，夏至佳禾吐翠，排排绿浪波涌天涯，金秋稻穗沉甸，座座金塔砌入云霄，隆

冬雪兆丰年，环环白玉山舞银蛇，拂晓观日出，手捧金苹果，春夏观云海，手托琼楼阁；瑶人冲两条山脊一个凼，从山底一直延伸到山顶，多达两百余级；月牙山像千只银色月舟镶嵌而成。看得我依依不舍，寻找童年的趣味。

梯田大多一米到两米宽，呈带状围绕在山坡上，人们只能用板锄翻地，用长木耙整平，年复一年地耕种。紫鹊界山势高，无霜期短，春暖迟秋寒早，适宜中稻种植。

为了让劳动人民歇息、躲雨、乘凉，梯田边建起了茶亭，现在还保存完好的茶亭有十多座，如淡如亭、吉清亭、泽润亭等，修于明清时期。游人来到此地，可以充分感受劳动人民的伟大。

我来到紫鹊界山脚下，是正龙民居区，一律的干栏式板房，集中在大湾里的民居达两百余栋，远看宛如珠落玉盘，错落有致；近看每栋各为独立院落，朝向不一，每家有足够的空间做菜园或植果木。

我虽然攀爬了一天，心情却异常兴奋，紫鹊界的很多东西让我感觉到神秘，总想探究一番，解开那个秘密。

高椅古村

沅水上游，雪峰山南麓，巫水河畔有个古渡口叫渡轮田，即现在的高椅，三面环山一面临水，宛如一把高高的太师椅。

高椅村共有五百九十余户两千二百多人，百分之八十五的村民姓杨，是南宋杨再思的后裔，为侗族人。

高椅古村规模宏大，建筑奇特，深藏着许多秘密和惊奇。整个村落至今保存着明清时期连续五百年间修建的古民居一百零四栋。村落以五通庙为中心，呈梅花状分成五个群落，村中道路纵横交错，宛如网状铺开。民居青砖封火墙，两端成梯状翘角马头高耸，夹峙着一条条青石板小巷，纵横交错，曲折幽深。每户独立小院，天人合一，又与邻家相通，有明代江南风格，又有浓郁的沅湘侗家风情，让游人感叹、羡慕。

民居为坐北朝南的木质房屋，走进大门，照壁上尚留色彩斑斓的绘画，或凶禽猛兽，或松菊梅兰，或瓜果牛羊，可以判断出主人是武将或文人或农家。飞檐脊饰各有不同，极尽精美。院子里都是木质两层穿斗式小楼，厅堂、居室的门雕、格扇、栏杆十分精巧。

高椅村有座古墓，墓主是高椅杨姓始祖母蒋氏，高椅人尊称蒋太君。蒋太君是宋末元初的一位抗元女英雄，元军南下入侵高椅，她为了保护百姓，带领全村百姓与元军英勇抗战，不幸牺牲，为了纪念她，将她葬在这里。

月光大院是高椅最特别的地方，光绪二十年失火被毁，仅剩月光楼，民国初年，新主人曾到国外留学，接受了西方思想，回来后将月光楼改建成中西合璧的建筑，即现在的月光楼，晚上可以欣赏皎洁的月亮，感受月光沐浴的惬意。

高椅著名的景点有红黑鱼塘、五通庙、防盗缸。红黑鱼塘开凿于清嘉庆末年，左塘喂养观赏鱼，名红鱼塘；右塘喂养食用鱼，名黑鱼塘，两塘碧荷涟涟，可供纳凉、观赏、消遣，也提供消防用水，与村内排水系统相通，有蓄水池的功能。五通庙始建南宋，明代中期扩修，清乾隆再次扩修，专供村人祭祀。防盗缸所在住宅为明朝早期建筑，主人是当时首富，为了防盗窃，在厨房里埋有一口缸，直径六十厘米，深五十五厘米，缸口与地面持平，平时盖上木板，碗橱置上遮掩，用时可以监听五十米外的脚步声。

巫水河对岸,有座孟营山,相传是孟获安营扎寨的地方。

站在渡轮田,可以看见巫水河渔民晒网,村姑浣衣,与炊烟共同组成一幅乡村画卷。

沿巫水河逆流而上到唐洲村透过清澈透明的江水,可以看清水底的鹅卵石,忍不住把手伸进水中,让溅起的水花涤荡心扉;鸬鹚站在竹排上,监视着鱼群的活动,两岸散落的古村落,组成一卷卷山水。唐洲村有四十八户人家,四十户被划为地主,富裕程度可想而知。几百年来,唐洲村保留着路不拾遗、夜不闭户的习惯。各家堂屋门上的古匾,彰显着旧日的辉煌和荣耀,我看完唐洲村,马上返回高椅,去品味高椅油茶。

高椅古村文化底蕴深厚,被誉为江南第一古村、古民居建筑活化石。为了看清高椅古村的全景,我回到入村的山坡上,爬上高椅庙的后山,整个高椅美景尽收眼底。

走完高椅,我对侗族人民的智慧由衷地感叹和钦佩,更佩服他们的建筑艺术。

岳麓山

长沙岳麓山下,文人多在此愤懑提笔。河西名校书院集中在岳麓山周围,收揽着长沙的灵性和葱郁,堪与北京香山、南京钟山媲美。岳麓山海拔三百点八米,是南岳衡山七十二峰之一,南岳首起回雁峰,足抵岳麓山。岳麓山是我学生时代向往的风景胜地和长沙人民的精神家园,游走岳麓山谷间林处,为历代文人墨客之首选,也是我品读岳麓的精神和神韵的开始。

岳麓山集玉屏山、天马山、凤凰山横秀于前,桃花岭、绿峨岭竞翠于后,金盆岭、金牛峰、云母峰、圭峰拱持左右,逶迤龙蛇,静如翠璧。湘江在其面前奔流北去,橘洲静浮其中,日夜对视,近似恋人。

从湘西古渡,即现在的牌楼口上岸出发,我站在古人的足迹上,寻访他们的闲情雅事。唐代的杜甫,游岳麓山的麓山寺、道林寺,在此上岸;宋代大儒朱熹去岳麓书院与张栻会晤,一辩天下传,在此上岸;宋代音乐大师姜夔,悲歌铭记,在此上岸;毛泽东去爱晚亭,与蔡和森畅谈革命,在此上岸。可见多少名人足迹踏遍岳麓山,都始于此,我也只好由此开始寻迹问史。湘西古渡口,展现在我面前的是一片桃花林和一洼碧潭,碧潭即现在的桃子湖,流经上千年,湖边的桃树还在招展。

继前行,左天马,右凤凰,如山门林立,跨过山门,往里走,就是岳麓书院的前亭岗哨——自卑亭,前访者都要在这里自省,足够估计自我的能量,我也不例外,顿觉自己的渺小。

再往前,林深茂密,宅阔门开,两旁各一亭,左为茅草亭,即曾经的饮马池,右为吹香亭,荷叶连绵,红花朵朵,为岳麓书院学子吟诗赋对的地方。门口挂有“惟楚有材,于斯为盛”的对联,便是岳麓书院大门。岳麓书院始建于唐朝,为藏书校典之所,宋代变为讲学藏书之处,即书院,朱熹、张栻的一场争论,造就了岳麓书院的名声,成为我国四大书院之首,名播中外,翰墨流香。书院占地一万二千平方米,坐西朝东,由门、堂、亭、台、楼、阁、轩、斋、祠、庙组成庞大的古建筑群。按主轴线依次为前门、赫曦台、大门、二门、讲堂、御书楼。主体建筑左为文庙,右为百泉轩及园林,大门两侧为斋舍。现存布局为清同治七年(一八六八)湖南巡抚刘昆修建。讲堂正中悬清乾隆御书“道南正脉”,左右壁有石刻“忠、孝、廉、节”。左右两廊有欧阳正焕所书“整齐严肃”石刻。讲堂屏风正向刊张村撰《岳

第三辑

遍地游踪

麓书院记》。讲堂前中庭两侧有半学斋、教学斋。半学斋西为湘水校经堂。讲堂后建有御书楼,楼前有拟栏、汲泉两亭。光绪二十九年(一九〇三),巡抚赵尔巽奏废书院改为湖南高等学堂。民国元年拟在书院旧址创办湖南大学未成。一九二六年,复以书院旧址创办湖南大学。岳麓书院保存很多碑刻书画珍品,唐刻麓山寺碑、明刻宋真宗手书岳麓书院石碑坊、程子四箴碑、清代御匾学达性天、王文清岳麓书院学规碑等,其中"实事求是"给寓居半学斋的青年毛泽东影响很深。罗典用自己的薪俸修建了岳麓书院八景:柳塘烟晓、桃坞烘霞、桐荫别径、风荷晚香、曲涧鸣泉、碧沼观鱼、花墩坐月、竹林冬翠。

我从岳麓书院后门出来,就到了清风峡谷口,沿小路进入峡谷,即正式走进岳麓山。岳麓山集深涧、悬崖、名泉、幽谷、秀峰、绝顶于一体,倾听曲涧鸣泉,石倚仰望中天,登山择径寻古,风景意境迥异。山深幽静,喧哗浮尘净失,脱俗脱尘顿生。春来滴翠含烟,夏日荫重凉生,深秋丹枫似火,晚冬岭堆残雪。清风峡树木繁茂,绿荫浓郁,溪涧绕流,三面倚峰,美中夹秀,令游人顿入物我两忘。

岳麓山又称麓山、灵麓峰,约三十一平方公里,南北长四公里,东西宽两公里,百年古木三百四十九株,六朝松历有一千七百余年,至今树冠团团如帷盖,唐代银杏、宋元香樟、明清枫栗,千种风情,高耸入云,可以用四个字概括:奇、珍、幽、美。岳麓山有宋真宗、理宗、清康熙、乾隆的题赠,晋陶侃、唐裴休、宋朱熹的寓所,李白、杜甫、刘长卿、刘禹锡、韩愈、柳宗元、李商隐、骆宾王、王磐、李群玉、辛弃疾、姜夔等人的诗篇,更有毛泽东、蔡和森等一代革命先辈的奋斗足迹。可以说,岳麓山完全浸润在唐诗宋词和名人足迹中,有着丰富的文化内涵。

进入清风峡,有三座接连叠加的山塘,鱼群追寻,蛙鸣竞嚷,池水碧玉。山塘之上,就是爱晚亭,青年毛泽东在湖南第一师范求学时常携友到此聚会、读书、纵谈时势、探求真理。爱晚亭始建于一七九二年,叫红叶亭,是罗典为了欣赏岳麓山的枫叶而建,北、西、南三向面山,亭后两溪潺潺而来,甚为幽静。后由湖广总督毕沅根据杜牧《山行》:"远上寒山石径斜,白云生处有人家。停车坐爱枫林晚,霜叶红于二月花。"改名爱晚亭。一九五二年,爱晚亭重修,毛泽东题写"爱晚亭"三字,受游客关注。

　　爱晚亭右行,有放鹤泉,清澈甘露,最宜煮茶。左行过桥,有枫林亭,攀梯数级,是隋舍利塔,塔基正方形,边长两米,塔高十二米,四角和正面共有五幅浮雕,正面是佛像,建于隋仁寿二年(六〇二)。塔侧是兰涧,崖壁上长满兰花,花呈单株,淡绿色,素雅幽香,为文人墨客所赞赏和亲昵。上行有几座墓葬,埋葬着革命党人刘道一、覃理鸣、蒋翊武等人。

　　我再上,到半山亭,在岳麓山半山腰,六方形凉亭,游人驻足憩息之所。很早为半云庵所在,上下山必经之路。麓山寺僧人下山购物,挑担回寺,常在此歇息。曾有烧火僧以"半"字为题赋诗一首:"半山半庵号半云,半亩半地半崎嵚。半山茅块半山石,半壁晴天半壁阴。半酒半诗堪避俗,半仙半佛好修心。半间房舍半分云,半听松声半听琴。"住持方丈知道后大为赞叹,授以佛经。其实,坐在半山亭,就可以听到古麓山寺的课经声,感受佛力。

　　过了半山亭,上行百步就是古麓山寺,为晋代法崇禅师首创,有一千七百多年历史,六次毁于战乱。寺内保留两株六朝古松,即罗汉松,枝干拳曲,针叶繁茂,朱墙环抱,四周枫樟耸立,深秋时分层林尽染,清静十分。麓山寺有块三绝碑,是唐代著名文学书法家李邕于开元十八年(七三〇)撰书,黄仙鹤刻。碑石青色,长二点七二米,宽一点三三米。全文一千四百一十三字,历述麓山寺的创建沿革及岳麓风光,文辞华丽,字体秀美雄健,镌刻传神,传拓风靡一时,被誉为文、书、刻俱绝。三绝碑笔力雄健浑厚,碑字用行书乃新创,后起书法大师米芾都沿袭其法。赵孟頫自言"每作大字一意拟之"。自古至今,许多著名文人游览岳麓山都特意来观摩此碑,留下不少诗篇。

麓山寺大门为牌楼式,上镌"古麓山寺"四字,门楼两侧镌楹联"汉魏最初名胜,湖湘第一道场"。入门有放生池,第一进殿为弥勒殿,供弥勒佛像。左有钟楼,右为鼓楼。二进殿为大雄宝殿,即正殿,面阔七间,进深六间,重檐歇顶,殿内佛台供奉释迦牟尼佛三身佛像,庄重至极。杜甫用"寺门高开洞庭野,殿脚插入赤沙湖"的诗句歌颂殿宇宏大。左侧五观堂,僧众就餐之处。左为客堂,接待宾客。右前方为讲经堂,高僧讲经处。观音阁在寺的后部,又名藏经阁,重建于清康熙三十九年(一七〇六)。

观音阁外南侧,山崖前有一碧瓦单檐方亭,亭中有泉,以汉白玉石栏围护。橡从山顶直下有一裂隙,山上水经沙岩层过滤后经裂隙流下,泉水从石罅中涓涓涌出,汇集泉池,不盈不涸,冷暖与寒暑相变,盈缩经旱潦不异。泉水清澈甘洌,张栻云"满座松声间金石,微澜鹤影漾瑶琨"。相传一对仙鹤爱泉水甘润,飞止其上,泉中留下双双鹤影,以泉沏茶,热气升腾,盘旋于杯口之上,酷似一双白鹤翩翩起舞,故名白鹤,又名双鹤。北宋铁面御史赵忭游此盛赞"灵脉本无源,因禽漱玉泉。自非流异禀,谁识洞中仙。"我特意喝了口泉水,品尝它的滋味,也解上山之渴。

白鹤泉南侧,山形险峻,绝壁悬崖,有断裂巨石,名笑啼岩,相传青年猎人与花仙相爱,因生活美满欢乐,时时发出啼笑声。笑啼岩处于两峰夹峙形成的瓶颈位置,每当山风深拂,就会发出似啼似笑的声音,今犹可闻。姜夔到笑啼岩,听到这一传说,想起合肥情事,十年不做词的姜夔,因感怀恸哭,填词一首《一萼红》:"古城阴,有官梅几许,红萼未宜簪。池面冰胶,墙腰雪老,云意还又沉沉。翠藤共闲穿径竹,渐笑语惊起卧沙禽。野老林泉,故王台榭,呼唤登临。南去北来何事?荡湘云楚水,目极伤心。朱户黏鸡,金盘簇燕,空叹时序侵寻。记曾共西楼雅集,想垂杨还袅万丝金。待得归鞍到时,只怕春深。"并且作小叙"丙午人日,予客长沙别驾之观政堂。堂下曲沼,沼西负古垣,有卢橘幽篁,一径深曲;穿径而南,官梅数十株,如椒如菽,或红破白露,枝影扶疏。著屐苍苔细石间,野兴横生,亟命驾登定王台,乱湘流入麓山蹑云低昂,湘波容与,兴尽悲来,醉吟成调。"

当年姜夔三十二岁,即宋孝宗淳熙十三年(一一八六),客居潭州(今长沙)通判萧德藻的观政堂,萧德藻赏识他以侄女妻之。姜夔青年时在合肥赤兰桥结识姊妹二人,相交情深,后来演化一场爱情悲剧,姜夔从此郁郁寡欢,刻骨相思。赤兰桥多种柳,分手时为梅开时节。姜夔生平爱梅,现存八十余首词作咏梅词占四分之一。姜夔乃风流词人和音乐家,稳定的家庭生活无法改变他的相思之苦,远在千里,对初恋很怀恋。

白鹤泉的上下方,有蔡锷、黄兴、谭馥、陈作新、吴道行等墓庐。

上至云麓峰巅,有云麓宫,绝顶盘石陡峭,楼阁凌江,虬枝疏影,妙比蓬莱。有直登云麓三千丈,来看长沙百万家。云麓宫乃道家七十二福地之二十三洞真虚福地,始建于明成化十四年(一四七八),前后依次为关帝殿、祖师殿和三清殿。一九七六年关帝殿倒塌,改建望江楼。露台前有株唐代银杏,树杈中夹一铸有"明万历四年造"的铁钟,乃飞来钟。

再上有赫曦台,宋乾道三年(一一六七)朱熹自闽来访岳麓书院主讲张栻,在岳麓书院、城南书院讲学二月余,常晨起登麓山观日出。《云谷山记》载:"余名岳麓山顶曰赫曦"。张筑台,朱熹题额赫曦台。台为湖南地方戏台典型形制,前部单檐歇山与后部三间单层弓形硬山结合,青瓦顶,空花琉璃脊,弓形封火山墙,挑檐卷棚,呈凸形平面,前后开敞,可登石级而上。现在为湖南师范大学、湖南大学、中南大学的学生观日出的最佳处和幽会地。

最有意思的是相隔二十年,岳麓山有两个人为其歌唱,先是反对艳词的朱熹,在台州把女词人严蕊当作有伤风化下狱;接着是歌颂艳词的姜夔,追求爱情,还在岳麓山伤心落泪。

往北走,即禹碑,镌于禹碑峰东之石壁,碑文九行,七十七字,末镌"右帝禹制"四字,碑文难辨。《吴越春秋》载:"禹登衡山,梦苍水使者,投金简玉玉字之书,得治水之要,刻石山之高处。"明代长沙太守潘镒找

到此碑,传拓各地,禹碑闻名于世,全国各地十余处禹碑都由岳麓山禹碑复刻。

禹碑下面是禹迹溪。再下是赫石坡,即湖南师范大学文学院后山,以巨石、幽谷、清溪、花木组成,非常幽静,我曾读书于此。溪泉淙淙,花草繁茂幽香,野趣盎然。下行是纪念岳飞与岳麓书院学子抗金事迹的岳王亭,六角重檐,亭内有青石碑。往南可去湘西古渡、往北去溁湾镇。

衡阳雁去无留意

衡阳即衡水之阳,衡水、湘水、蒸水汇合于此,历来为南来北往的要地,无数商旅迁客汇集,留下回雁峰、石鼓书院等名胜。我数次到衡阳游历,足迹走遍衡阳古迹,每次必去的还是回雁峰和石鼓书院,其中也包括对词人秦观的感叹和缅怀。

回雁峰坐落在衡阳市雁峰区湘江之滨,海拔九十六点八米,总面积六点三二公顷,是南岳七十二峰从南到北的首峰,称南岳第一峰,有到南岳进香自第一峰开始之说。曾有传说回雁峰下满姑救雁,以后北雁南来,至此越冬,待来年春暖返北。从远处望回雁峰,似一只鸿雁伸颈昂头、舒足展翅欲腾空飞翔,非常激励我的志向,古人就把衡阳叫作雁城。回雁峰东临湘江,滔滔江水贴峰脚奔流,峰依江畔独立,湘水南来,波光荡漾,峰插蓝天,雁鸣高空,值此之时,秋风凌厉,令人流连忘返。

回雁峰为历代文人名士所铭记,唐代的王勃、杜甫、钱起、刘禹锡、柳宗元、杜荀鹤到此赋诗，宋代的王安石、文天祥、范仲淹、秦观到此觅句。北宋理学家周敦颐成长于此，明末清初的思想家、哲学家王船山生于回雁峰下的王衙坪。王勃曾在《滕王阁序》赋句"雁阵惊寒，声断衡阳之浦"；范仲淹在《渔家傲》联句："塞下秋来风景异，衡阳雁去无留意"。让无数迁客熟记。

秦观是北宋伎人的偶像，粉丝众多，长沙歌伎夏云儿特别为他奔走衡阳、郴州。绍圣元年（一〇四九）四月，章惇、蔡京上台，苏轼、秦观等人遭贬，贬为杭州通判，又贬监处州酒税。绍圣三年（一〇五一），秦观转徙郴州。在长沙见到了夏云儿，夏为此守节，等待秦观北归。

回雁峰的雁文化、寿文化、船山文化源远流长，现已成为园林景区，布局巧妙，远山而不僻，近市而不嚣，令人心旷神怡，流连忘返。

乘车来到回雁峰脚下，最先映入眼帘的是雁雕，高高的桅杆上飞翔着一只大雁，让我马上联想到大雁驻地，回旋于此。跨过公园大门，是烟雨池，天将下雨，池中水气冉冉升起，如烟如雾，时隐时现，宛如仙境。第一次到衡阳，正是春夏之际，见到了烟雨池的面貌。池边镌刻唐代诗人王勃、明代诗人陈宗契赞誉衡阳、回雁峰的诗词佳句。

往左，是回雁峰的山门，一座石砌牌坊，名上达，建于明代，绿色琉璃瓦，厚重的拱形山门，镌刻麒麟吐须，狮子戏球，二龙戏珠，丹凤朝阳。拱门上书"上达"两字，是雁峰寺烧火和尚用烧火棍所书，寓意上山、登高自此起步。背刻"莫作等闲观"，看后发人深思，感慨良多。

攀上一段崎岖小径，就到雁峰寺，乃宏宣法师梁天监十二年（五一三）创建，梁武帝萧衍赐名乘云禅寺，隋代改名雁峰寺，唐朝改号山门寺，明清之际建寿佛殿。明有望岳亭、宫室寺、此君轩、望江楼等建筑。清建大雄宝殿、大悲阁、摩云舍、望雁楼、指月寮等建筑。一九四四年，日军侵入衡阳，山上古林殿阁惨遭焚毁，仅存一座寺门和半间佛殿。一九八四年重建雁峰寺，寺院分前后两殿，前殿为观音殿，供奉观音菩萨；后为寿佛殿，端

坐着一座三米高的寿佛，寿佛俗姓周，郴州人，号宗慧，享年一百三十九岁。生前四方云游、传道，曾留袈裟一件于雁峰寺。

右行是松风亭，亭柱仿松树皮建成，亭边石刻陶铸《松树的风格》。坐在松风亭，看松树、读苍松，陶冶情操，激励志向，很受启发。

再前行是此君轩，即明末清初哲学家、史学家、文学家、思想家王夫之的竹庐，他出生在这里。竹庐有两层，屋边遍种竹子，上为正房、中为庭院、下为山门；山门、正房入口挂有楹联三副、匾额两块，厅堂及两侧厢房共悬挂有字画五幅；正房中央是一座王夫之半身塑像，右侧厢房布展着明清时期的雕花木床、木椅及带补丁的蚊帐、被褥等；左侧厢房陈列有木屐、雨伞、油灯等物品及王夫之毕生著作《船山全书》和后人研究他的部分作品。听导游介绍，王船山"头不顶清朝的天，脚不踩清朝的地"的民族气节，浩气长存，令我叹为观止。

从此君轩后爬上山顶，乃一片平地，即潇湘古八景之一的平沙落雁。唐宋之际，秋天将至，北雁南行，至衡阳不再南飞。湘江河畔，堤岸无垠，细沙如雪，芦苇摇曳。雁群在回雁峰顶栖宿、觅食、嬉戏，度过冬日。北宋诗人、画家米芾赞道："阵断衡阳暂此回，沙明水碧岸莓苔。相呼正喜无缯缴，又被孤城画角催。"就此绘画出平沙落雁的风景画。也是唐宋诗词里的衡阳雁回之处。秦观被贬往郴州后，多次到此，观察大雁是否南飞。

绍圣四年仲春，北宋朝廷对"元祐党人"被贬地作了一次大规模调整，秦观由郴州转徙横州（广西横县）。秦观从郴州来到衡阳，准备从衡阳溯湘江而去横州。又逢除夕夜，独宿郴州旅舍，对故乡思念越发深切难耐；然而身世飘零，故乡难返，痛楚之情溢于言表，更伤无雁传书愁情难释，越发悲切地牵挂妻子儿女。并作《阮郎归》："湘天风雨破寒初，深沉庭院虚。丽谯吹罢小单于，迢迢清夜徂。乡梦断，旅魂孤，峥嵘岁又除。衡阳犹有雁传书，郴阳和雁无。"

在衡州，秦观遇到了一同被贬的衡州知府孔平仲，孔挽留他住几日。

时值春日，阳光日暖，衡阳古城寒意稍减。秦观独自出城，来到湘江边的回雁峰，见岸边柳树上不甘寂寞的黄莺在争鸣，飞来飞去，不时碰落一阵阵飞絮，随风飘落到江水中，随波浮沉。看着春光春景，秦观觉得心在流血，想起回雁峰下的歌伎王幼玉及《雁归来》，觉得再南迁，以后再也收不到书信了。回到客房中，秦观禁不住愁绪萦怀，向孔赠送旧作《千秋岁》："水边沙外，城郭春寒退。花影乱，莺声碎。飘零疏酒盏，离别宽衣带。人不见，碧云暮合空相对。忆昔西池会，鹭同飞盖。携手处，今谁在？日边清梦断，镜里朱颜改。春去也，飞红万点愁如海。"孔平仲知道秦观幽怨太深，恐不久于人世。步秦观原韵和词一首："春风湖外，红杏花初退。孤馆静，愁肠碎。泪余痕在枕，别久香销带。新睡起，小园戏蝶飞成对。惆怅谁人会？随处聊倾盖。情暂遣，心何在？锦书消息断，玉漏花阴改。迟日暮，仙山杳杳空云海。"并留存石鼓书院。

后人为了纪念秦观等唐宋诗人、词人，特意在回雁峰顶的平地上建起回雁阁。主阁高三十五米，四层四棱，顶部重檐如雁张翼，底部七十二根支柱，寓意南岳七十二峰，南北两侧有听瀑亭和揽翠亭相依。造型庄重古朴、典雅大方，能与岳阳楼、滕王阁媲美。登上阁楼，极目远眺，湘江如带，波光潋滟，高楼大厦，鳞次栉比，一道人与自然和谐相处的美景展现面前。

从回雁阁往西是飞瀑流彩的假山群，再现南岳诸峰的形、神、韵，有"衡山千仞一峰高"的观赏效果，即山石错落，水雾喷吐，云烟缭绕。山顶瀑布飞流直下，水击山石、飞流碎玉，形成一道巧夺天工的飞瀑流彩。瀑布下有雁影潭，山、水、石相得益彰，构成了一幅气势磅礴的美丽画卷。

秦观在衡阳逗留期间，曾到与回雁峰同在湘江之滨的石鼓书院。我也跟着秦观的游踪来到石鼓书院。

石鼓书院始建于唐元和五年（八一○），衡州名士李宽结庐读书于此，宋至道三年（九九七）李士真拓展其院，作为衡州学者讲学之所。景佑二年（一○三五），朝廷赐额石鼓书院，与睢阳、白鹿洞、岳麓书院并称

四大书院,有武侯祠、李忠节公祠、大观楼、七贤祠、敬业堂、合江亭等,苏轼、周敦颐、朱熹、张栻等在此执教。

石鼓四面凭虚,临立江滨,其形如鼓。后有石洞,名为朱陵后洞,《水经注》载:"有石鼓六尺,湘水所经,鼓鸣,则有兵革之事"。杜甫大历四年(七六九)三月中旬、大历五年(七七〇)夏两度到衡州,都停泊石鼓山下。德宗贞元三年(七八七),宰相齐映贬到衡州任刺史,在石鼓山东建合江亭。顺宗永贞元年(八〇五)韩愈由广东至湖北,途经衡州,齐映请韩愈写下《合江亭序》:"红亭枕湘江,蒸水会其左。畎临眇空阔,绿净不可唾。"后人建绿净阁纪念韩愈,石鼓名声大振,成为后世文人骚客朝圣之地。

秦观来石鼓书院,也是来朝圣和凭吊韩愈,他俩同为迁客骚人,同为迁贬,实在类似。

穿过山门,走过长廊,映入眼帘的是禹碑亭。禹碑亭柱题联:"蝌蚪成点通,天地衍大文"。石鼓书院有八景,名为东岩晓日、西谷夜蟾、绿阁蒸风、洼樽残雪、江阁书声、钓合晚唱、栈道枯藤、合江凝碧。

石鼓山东西峭壁上,唐太守宇文炫分题东岩、西谷。东岩悬崖壁立,太阳初升,削壁沐日光呈金黄色,远望尤甚,即东岩晓白。西谷夜深人静之时,便有蟾出现,即西谷夜蟾。石鼓山北端,即绿净阁,合江亭下,深潭之上,有一石坪,宽约丈余,相传为仙翁濯足处,石上仙迹依稀可辨,即绿阁蒸风。石鼓山下有怪石,外实中空,冬日雪后,石鼓山积雪皆消融无迹,唯独尊内积雪经冬不化,至春始融,即洼樽藏雪。书院内读书声声声入耳,从阁楼当中传出,即江阁书声。石鼓地处湘水和蒸水,夜幕之时垂钓者倚坐船头,小船随波缓缓移动,渔歌响起,打破暮色宁静,即钓合晚唱。合江亭右下有深潭,东可通汪洋大海,北可达南岳水濂洞,山上有古藤经数百年生长,沿江底爬行,由西岸牵至东岸,作为栈道,即栈道枯藤。蒸水湘水交合,清澈的江水缓缓流淌,放眼望去如一块碧玉,即合江凝碧。

秦观看完石鼓书院八景，更加悲叹不已。短短数年间，他遭削职、除名，一贬再贬，由逐臣沦为流放罪犯，心情益趋感伤。宋徽宗即位，政局有所变化，发布赦令，被贬大臣多数内迁。元符三年（一一〇〇）七月，秦观启程北归，八月来到藤州（广西藤县），醉卧光化亭，忽然向家人索要一盂水，当家人持水来到时，他已经去世。秦观之子秦湛扶枢北上，想归葬秦观于江苏扬州。来到回雁峰下，白衣女子跪在道中，悲哭不绝，吟咏《踏莎行》，绕灵枢跪拜三周而死，白衣女子便是长沙歌伎夏云儿。

　　崇宁三年（一一〇四），黄庭坚贬宜州（广西宜山县），途经衡阳，看到秦观在古鼓书院的遗墨，又和词一首《千秋岁》："苑边花外，记得同朝退。飞骑轧，鸣珂碎。齐歌云绕扇，赵舞风回带。严鼓断，杯盘狼藉犹相对。洒泪谁能会？醉卧藤阴盖。人已去，词空在。兔园高宴情，虎观英游改。重感慨，波涛万顷珠沉海。"

　　我游完石鼓书院，就喜欢念一遍《阮郎归》，表示我对秦观的共鸣和认同。

桃花源里忆黄花

　　桃花源是诗人的理想世界，陶渊明的《桃花源记》出现后，无数文人墨客都在寻找自己心中的桃花源，连沉溺于闺房情谊的李清照也不例外。湖南常德桃源县的桃花源是对世人开放游览的桃源仙境，我也有幸在桃花盛开的三月二十八日桃花节来此欣赏，感受古老的桃源的美妙、悠然、

静谧,又让我想起李清照的念武陵人远,我却很不近。

桃源县位于湖南省西北部,西起牛车河乡高峰村万家河,东至木塘垸乡仁丰村草鞋洲,南起西安镇薛家冲村狮子岭,北至热市镇老棚村,居民以汉族为主,有回族、维吾尔族、土家族、满族、侗族、壮族、瑶族等十二个少数民族杂居。唐尧时代,桃花源风景幽寂,林壑优美,善卷到常德德山隐居,第一个享受桃源意境。夏商两代,周成王封熊绎为楚子,楚子侵占百濮改黔中,桃花源并入黔中。春秋后期,楚平王在桃源县境内筑采菱城,建立桃源城池。战国四公子之一的春申君黄歇初封武陵,桃花源成为秦时避难所及外界向往的安乐世界。秦始皇统一六国,桃花源纳入黔中郡,西汉初年改黔中郡为武陵郡,辖十三个县,包括湖北西南部,湖南沅江流域以西,贵阳东部,广西三江、龙胜等地。

陶渊明的《桃花源诗并序》问世,桃花源声名大起,桃源山、桃源观、桃花山、桃川宫等名胜景物闻名遐迩。小陶渊明三十岁的范晔,在《后汉书》里写了一篇《南蛮传》,即《武陵蛮传》,写到了当时武陵地区的世外桃源及武陵人,并加以渲染,编制成桃花源胜景。进入唐朝后,桃花源得到了很好的保护与开发,重建桃源观,免除农民徭税。狄中立《桃源观山界记》载:"东西阔七里,南北长九里,东至厮罗溪五里,西至水溪二里,南至障山四里,北至沅江五里。"桃花源是一片非常广阔的天地,人们安居乐业,真正达到了世外桃源的理想生活。刘禹锡贬朗州(常德)司马还到桃花源浏览,题《桃源佳致》并刻碑,言桃源山、桃源洞、桃源观乃名胜古迹和陶渊明笔下的桃花源原址。

走进桃花源,桃花已经烂漫,漫山遍野都是,不比李清照的黄花(菊花)差。桃花源南倚巍巍武陵山脉,北临云贵高原门户,吸纳湘西灵秀,沐浴五溪奇照,独揽武陵风光,集山川胜状和诗情画意于一体,熔寓言典故与乡风民俗于一炉。我才知晓李清照为何也羡慕误入桃花源的武陵人。

桃花源是中国道教圣地之一,第三十五洞天、第四十六福地。主体景区十五点八平方公里,武陵渔川沅水风光带水域四十四点八五平方公里,包括桃花山、桃源山、秦人村、桃仙岭,有山峦、岩体、水体、河洲、洞穴、峡谷、天象、生物景观,大小景点九十五个,山丘峡谷十九条,溪涧十八条,水库池塘七十二口,涌泉三十二穴。被誉为人文景观古老神秘、自然景观丰富多彩,内部景界幽奥秀美,外部景界雄浑壮阔。千百年来咸集无数文人墨客,忙煞古今游人雅士,陶渊明、李白、韩愈、刘禹锡、孟浩然、王昌龄、王维、杜牧、苏轼、陆游等留下诗篇无数,愁断心肠无计。一九九〇年桃花源修复开发后,总面积一百五十七点五五平方公里,核心景区面积八点一二平方公里,有神话故乡桃仙岭、道教圣地桃源山、洞天福地桃花山、世外桃源秦人村四大景区,每年三月底一届的桃花源游园会吸引无数游客前来观赏桃花和感受世外桃源。一九九五年三月二十四日,江泽民视察桃花源并题字。

桃源县景点有漳江镇的文昌阁、六角楼,漆河镇的万寿宫、关帝庙,钟家铺乡的老祖岩、犀牛山,观音寺镇的万阳山,泥窝潭乡的五马寨,剪市镇的七峰山,凌津滩镇的穿石岩等。桃花源在县城西南十五公里,地处沅水下游。面临沅水滔滔,背倚群山起伏,苍松翠竹呼风起舞,甚是迷人。桃花源分桃花山、桃源山、桃仙岭、秦人村,其中桃花山、秦人村为中心,有桃花山牌坊、桃花溪、桃树林、穷林桥、菊圃、方竹亭等景点,行走其中曲峪幽径寂静,寺观亭阁丰盛,诗联碑刻甚多,历史传说稀奇,实属世间罕见。我想李清照的青州十年隐居,也不过如此,只是她有赵明诚陪伴,可以一同研究金石书画。可是赵明诚游学和重返仕途之后,带给她的是思念和牵挂,在丈夫离别之时,李清照就作了《凤凰台上忆吹箫》:"香冷金猊,被翻红浪,起来人未梳头。任宝奁闲掩,日上帘钩。生怕闲愁暗恨,多少事、欲说还休。今年瘦,非干病酒,不是悲秋。明朝,这回去也,千万遍阳关,也即难留。念武陵人远,云锁重楼。记取楼前绿水,应念我、终日凝眸。凝眸处,从今更数,几段新愁。"也只能通过词作的赠送交流来得到丈夫

第三辑 遍地游踪

075

的温情和文字传情。

　　跨进高耸的石牌坊,青山脚下、山溪岸边,桃花遍地盛开,千树争妍,云蒸霞蔚,奇趣无穷。山岚之上古树参天,修竹婷婷,寿藤缠绕,花草芬芳,石阶曲径,亭台牌坊,宛若仙境,确有一番滋味上心头。我倒想,如果李清照与我同行,她一定不会只爱黄花,桃花也是她的最爱和头饰。

　　往前是桃花山,乃福地洞天,山水的中心,面积约两平方公里,有三十四处景点,红树青山、斜阳古道最为闻名,山中幽谷深深、曲涧流水潺潺、藏风聚气、泻灵溢韵。桃花林中,碧桃、绛桃、五宝桃、寿星桃等二十七种桃树聚集于此,春季红云飘浮,赤霞腾飞,与沿溪松竹交相映照,瑰丽多彩,我为其折服,兴叹无以居此。

　　往前是菊圃,建于明代万历年间,湖广按察司分巡湖北道副使刘之龙在此兴建灵仙之府纪念陶渊明爱菊之事,后更名为菊圃。菊圃由垂花门、檐廊、廊亭、正厅、花墙五部分连结成一个封闭式园林,总面积二千七百六十四平方米。菊圃是典型的江南园林风格,四周环以垣墙相连,墙上数处开窗采光,整个建筑分前后两层,前层为桃花石大门,入门为鱼池,池旁绕以回廊。在院落的正中竖有一块丰碑,碑背镌刻陶渊明《饮酒诗》:"采菊东篱下,悠然见南山"。看完菊圃,我才知道李清照为什么喜欢武陵人,她与陶渊明有一个共同的爱好就是爱菊,她与赵明诚有个共同的爱好就是一起植菊。所以赵明诚去游学,她就说武陵人远去。如果李清照真的到桃花源,这植菊、爱菊的事情就要耽误她的很多时间,她也不会伤情。

　　走出菊圃,便至碑廊,廊中古碑林立,共十七方,有唐代诗人杜牧、胡曾、李群玉以及明代袁宏道、江盈科等名家石刻。桃花源自晋代开始,修筑亭台楼阁,历代文人学士都曾到此观赏,现留咏桃花源的诗九百余首,楹联匾额及石刻碑碣百余处。

　　碑廊尽头,为明代建筑方竹亭,原名桃川八方亭,造型浑厚,风格古朴,是桃花源最古老、迄今保存最完好的建筑。亭为三门四窗结构,外观八方八角,内为穹隆顶,无梁无柱,用桐油、石灰、糯米、砂石砌成。墙厚一米,亭高六点三米,底径七点六米,建筑形式与结构比例具有天然音响效果,我在此诵读《凤凰台上忆吹箫》,比麦克风的效果还好。方竹亭内碑碣壁列,多为古人题写。亭后方竹丛生,浓荫低垂,苍翠欲滴,看起来圆,摸起来方。清人唐子木有"方竹亭前万竿竹,夜来时听隔林钟"之句。

出亭前行,有小桥,名遇仙桥。远远望去,可见桥下雾气翻滚,桥上浓荫蔽日。潺潺流过的桃花溪水,宛若琵琶之音轻轻滑落,甚是雅韵。相传瞿童遇仙,就在此处。遇仙桥原为一块自然崩落的危岩,横卧于涧,结构天成。明天启年间桃源县主簿孙廷蕙主修单孔石卷桥,顶阔四点八米,长十三点六米,高六米。清初,湖广提督俞益谟增建风雨桥亭。其四方卷棚之下,均悬挂以仙事为主题的红底金雕图案,穷工绝艺,精美非凡,甚至有李清照式的女性化。

过了遇仙桥,石阶盘绕而上,有造型别致的水源亭,亭边桃花溪,水清如镜。继续上行到御碑池,在碧波微澜中耸立一座小亭,亭内石碑上记着清朝乾隆皇帝咏叹桃花源的诗句,人们呼为御碑亭。绕过御碑池,钻过秦人古洞,便进入秦人村。沿着月形的山湾,有一条长一千六百米的竹廊,竹廊两边有公议堂、奇踪馆、秦人作坊、自乐桥等景点。竹廊的尽头便到了延至馆,当年避乱的秦人宴请武陵渔人吃饭的地方。我想,秦人村才是李清照真正想要生活的地方。

下山一路古树参天,寿藤缠绕,浓荫密布,沿石阶曲径,经过亭亭如盖的摩顶松,沿山径而下,即到桃花观。桃花观为湖南三大古建筑群之一,是千年古观,始建于唐朝。明万历三十七年(一六〇九)湖广巡抚郭显忠重建,名大士阁。一九一四年桃源知县杨瑞胪全面修复并改名为桃花观,分山门、前厅、正厅,观门的上方,刻有桃花观横额,两边门坊石墙上有一副"秦时明月、洞口桃花"的对联。观内藏有历代文人骚客所题的石

刻诗及近代著名书法家的书画。桃花观的两侧各有一座亭子,分别名玩月亭、蹑风亭。

桃花观下是集贤祠,供奉有陶渊明、李白、杜甫、王维、苏轼、王安石、刘禹锡等先贤的塑像。集贤祠始建于唐初,名靖节祠,立有陶渊明塑像一尊,明末清初,因奉祀王维、孟浩然、李白、刘禹锡、韩愈、王安石、苏轼、黄庭坚等诸位先贤,改为集贤祠。清同治九年(一八○七),知县麻维绪曾刊陶渊明、李白、苏轼等十四人题咏桃花源诗文于祠内。后进行了修复完善,在集贤祠的正中供奉陶渊明像,四周刊出曾游历过桃花源的李白、刘禹锡、孟浩然、王昌龄、张旭、李群玉、陆游、黄庭坚、王守仁、朱熹、姜夔、袁宏道十二位历代圣贤的雕像和诗文。祠左右诸峰,若拱若揖,肃穆庄严。出集贤祠右拐,循林中小径前行数百步,是向路桥,因《桃花源记》"便扶向路"句得名。上有即出亭,亭虽小但位置险要,为武陵渔人从此进出桃花源的暗道。

桃花源出口是沅水,两岸青山如画,江中碧水如缎,漳江夜月、菉萝晴画、马援石室、桃川仙隐、穿石缭青、水心古寨等名胜古迹,构成一幅奇绝天下的美丽画卷,乃潇湘八景之一的渔村夕照。

游玩桃花源,像在仙境中走了一回。感叹李清照的眼光和爱好,确实有她的独到之处。

陶澍故居行

童年听过无数有关陶澍出仕的故事,对他的传奇经历和智慧非常羡慕。老家与陶澍故居小淹相隔仅三十余里,一直没有机会去寻访他的遗迹。定居长沙后,曾多次到安化东坪出差,经过小淹镇,也没来得及参观,实在遗憾。二〇一一年十一月,终于有机会到陶澍故居一行。

小淹镇位于安化东部,资水横穿北部。一九二三年,小淹成为资水中游的商贸集散地,宝庆、新化客商在此建立商行。一〇七二年,小淹成为资水中游的重要码头,是宝庆通往益阳、汉口的重镇。宋神宗熙宁五年,安化置县,小淹归安化管辖。一二二四年,宋理宗由邵阳诣京师,经资水过小淹,时值江水暴涨,小淹下首的石门潭无法通行,淹留数日,便赐名为小淹。

安化的深秋显得非常寂静,没有一丝杂响。我们入夜到达东坪,饱餐一顿后就安然入睡;早上醒来,山城还很安静,我沿着资江岸边游荡一圈,朝露亲密地包裹,有种依依相偎之情。

早餐后,参观完梁大宏先生的办公场地和他的巨形书法室,成百幅书法作品让我们陶醉。很多作品与梅山文化和陶澍有关,让我们做了个预习。

陶澍字子霖,一七七九年一月十七日生于小淹。他勤奋好学,嘉庆七年(一八〇二)中进士,任翰林院编修后升御史。先后调任山西、四川、

福建、安徽等省布政使和巡抚,官至两江总督加太子少保。一八三九年六月,陶澍病逝南京任上,后安葬在老家小淹,终年六十二岁。陶澍诗文赋造诣不浅,书画兼长,著有《印心石屋诗抄》、《靖节先生集》、《陶文毅公全集》传世。陶澍为官二十多年,他爱国爱民,深入民间,微服私访,除恶安民,抗灾救灾,兴修水利,整顿财政,治理漕运,倡办海运,革新盐政,整治治安,兴办教育,培养人才。淮剧根据陶澍微服私访的民间故事创作了《陶澍私访南京》,成为传统保留剧目。

梁大宏先生说,陶澍故居有两处,一处是陶氏祠堂,在江南镇茅坪村,旁有陶澍三世祖陵园。陶澍每次回到故乡,先去那里祭祖,住两三个月,给地方老百姓断案。我们先去陶澍三世祖陵园,走茶马古道,途中经过永锡风雨廊桥,为安化县规模最大、保存最完整的木构风雨廊桥。桥为清光绪年间修建,桥长八十三米,高十三米,宽四点二米,桥墩为纯色青麻石垒砌而成,看上去非常壮观。

我们听着梁大宏先生对茶马古道历史的叙说,很快到了陶澍三世祖陵园。陵园经过了修缮,墓表和石羊等物都在,显得有些简陋。陵墓在半山腰,坐落在山凹中,有大山环抱之势,我们恭恭敬敬三鞠躬凭吊陶氏先祖。下山再去陶澍故居,已经改为祠堂,只剩下修缮的房屋,家具已在二十世纪六十年代被清洗一空,唯独座椅、卧具和陶澍审案的公案还在,显得场面威严。环视祠堂四周围墙,斑斓的青砖散发历史的幽光,让人铭记。

我们直奔小淹,去寻找陶澍读书的印心石屋。小淹风光秀丽,群山环绕,峰峦叠翠,资水绕城,江水悠悠。历史记载,小淹曾有八景:淹市晴岚、石峰晚翠、香炉烟霭、笔架凌霄、白云出岫、朝阳鸽凤、霍水回澜、石潭印月。

车到小淹南岸,陶澍故居在北岸沙湾村(现改名陶澍村)。梁大宏先生告诉我们,去陶澍故居,必须坐渡船过资江。车开到码头,早有渡船等候,车停在渡船上,悠悠划过江水。碧蓝的资江,深不可测,让我想起童年泛游资江的岁月。

接近南岸,江中浮出一块巨石,那是陶澍童年读书之处,也是传说中的印心石屋。船靠岸,江中有个古塔倒影,抬头望去,文澜塔耸立在山冈上。一八三六年,陶澍衣锦还乡,从南京回到小淹,随行船只运回一堆石头,遭到政敌的诬陷。扣查船只之后,才知道是几船石头,道光皇帝御书"印心石屋"赐他。陶澍把南京运回的石头,在小淹北岸修建了一座塔,取名文澜塔。塔高二十一米,八方七层,内实外滑,四至七层塔角悬挂铜铃三十二枚,风吹铃摇,胜似仙乐。第一层汉白玉石匾上刻有道光皇帝御书的印心石屋,二层青石上嵌文澜塔匾额。古塔耸立在高山峡谷中,气势雄伟,苍劲有力。

我站在文澜塔旁,向南岸望去,有块石崖很显眼,俨然巨龟,俗称乌龟崖。陶澍将道光皇帝所赐印心石屋四字刻于石上,又称御书崖。

往前三四百米,是陶澍的尚书宅,曾经还有总督府、太保第、乡贤祠、赐书楼、石雕龙凤门、双玉飘香、引水石渠等景观。二十世纪六十年代改为陶澍小学,现为陶澍实验中学(安化三中)。只有靠江边的围墙和石头拱门保持完好,操场上有两株陶澍手植玉兰,苍虬蔽日,花开如盘,香远益清。

再往前走四五百米,是沙湾坪,陶澍墓建于此。陵园五十余亩,围墙环绕,右侧有御碑亭,亭内有石鳌背负道光皇帝御赐、何绍基书写的碑文,非常庄严醒目。左侧为陶澍墓,墓前有墓表、石俑、石马、石虎、石兔,显得肃穆。沿石径往前,相拥六个墓冢,为陶澍与五位妻妾的墓。我们在陶澍墓前鞠躬、凭吊,清点他的贡献。

我们结束陶澍故居行,我匆匆忙忙赶回长沙,边读《陶澍集》,边写这篇游记。

第三辑 遍地游踪

浮光掠影

阜阳的夕阳

　　一天的美景之中，对于夕阳，也许有我的个人情愫，那要从我一向与夕阳同行来说，住在长沙这个城市西郊，每天都可以穿窗瞻望，有时是在夕阳里寻找晚霞，有时是在夕阳里追求梦想，而这些都是那梦幻般的美丽。我每到一地，见到美丽如画的夕阳就情不自禁地想把它挽留在视线里，留给旅程中的回忆，作为以后日子的手书。

　　来到安徽阜阳，已经是午后两点。这是我第一次去安徽，又是一个人单行，经过车旅的劳顿，已经是灰尘满面，身体也被折磨得有些松弛。我并不想在此停留得太久，只是要在这里转车去合肥，也没有准备让它在我的记忆里留下多少概念。去看火车，看到那宽阔的车站广场，一身的疲劳马上轻松了，身体也不由自主地舒散了。我轻轻地吸了一口气，给自己的旅程打了一次气，精神又更加奋发了。

　　在阜阳我待了不足六个小时，让我最心动的是阜阳的夕阳。不知为什么，我回到长沙之后，每当傍晚出去散步，看到长沙的夕阳，我就情不自禁地对比起来，总是感觉看到的那一眼阜阳的夕阳特别美丽。

　　当时，我从火车站旁边的一个网吧出来，时近六点，天空一片碧蓝的晴朗。广场上稀疏地停着几辆面包车，有一些三五成群的闲走之人和散步的市民，那夕阳倾斜着散泄广场，广场的热闹已经不再，留下的全是休闲，无论是画家还是作家看到这一图景，都会认为这是一幅绝佳的市井画卷。

我也情不自禁地停下了脚步,面对夕阳,感受它的温柔和妩媚。我想,这是我可以看到的夕阳美景,我应该好好地去欣赏它,最少也要把它保存在我的视野里。于是我就到附近找了一处地方,即车站门口的台阶坐下来。这个地理位置还可以,我就像坐在一个宽敞的太师椅里,眼前的视野非常宽阔。

往前远观,广场的车辆和广场边缘的房屋以及远处的夕阳都连成一块,就像一张非常漂亮的风景照片,景物由近至远有层次地排列,非常和谐自然,让人回到自然的感觉。夕阳不再是血红色的,它红在远处的晚霞里,给晚霞的美丽加了一点胭脂红,让美带点油光。晚霞边飘飞着白云彩,就如绸如缎地飘舞开来,就像那添饰的裙摆。还有那散逸的光芒,给整幅晚霞增加了光亮,让画卷更加清晰辉煌。

时间慢慢晚去,白云开始沉落,亮光也开始昏黄,太阳只有那点烟火红。我再看广场,人群已经不知什么时候稀去,只剩几尾晚归的燕子剪过天边,嵌入那幅美景的黄昏。

我才知道,无论夕阳与黄昏,都是一种美丽,只是好景不长,需要自己去欣赏和善待。又想,阜阳也许就是夕阳的另一个名字。现在回忆阜阳,就像回到自己的诗情画意、回到少女的青春等待。

第四辑 浮光掠影

一路长江

江河自古为文人所铭记,长江的文墨在中国河流中居于榜首。从幼习文,最爱之为山水,有关江河之字,我必熟读百遍以为傲。渐渐长大,偶尔生出些遐想,如果有朝一日可以远游,我必先览大川,寻找母亲河之怀抱。

本世纪初,我完成学业可以奔走四方,就开始谋划怎样流连山水。虽然工作的方便让我走遍了几个省份,但都是南方之地,根本没有机会与长江相会。

生于湖南,有幸品读湘、资、沅、澧四水,当时有说不出的高兴,因为这些大川我是第一次与之相会,也是第一次体验它的情怀,看到那宽阔之躯,每次都有好几天睡不着,一直在回忆它的宽深。

走广东,亲历珠江之泛,宽阔的芭蕉叶相衬,来往的船只和成片的集装箱的重负,对我这个内地的海盲印象最深。

游历这些大川,我最想见的就是长江、黄河,主要是想拜见长江的气势和黄河的宏大。

二〇〇六年四月底,我只身一个人去安徽、江苏、上海三地出差,也没有安排见长江的时间,但是,我为了省时间还是安排从长沙坐火车先到安徽阜阳,再从阜阳转乘火车去安庆,到安庆办完事回合肥,再去南京,到苏州、去上海,后从上海直接返长沙。因为这一路线就让我四次与长江相遇,了解了长江不同的风采。

四月三十日凌晨五点，我从长沙登上开往济南的列车，只在中间停一站就直接到了武昌，穿过武汉长江大桥，第一次窥视长江的风采。虽然是在火车开过武汉长江大桥那几分钟里，还是通过那个小小的玻璃窗口偷看的，但是我确实看到了长江，还是我亲眼见到的长江，那长江浩渺壮阔、往来船只如梭，心中就有说不出的兴奋和自豪。虽然不见长江波澜壮阔，我还是心满意足了。

五月一日上午，经过几次转车来到安庆，与早已神交的毛毛、一路两兄相见，虽有些疲惫，我的精神却很好。在游览了陈独秀墓之后，他们陪我来到长江边，这是我第一次在没有什么物体阻挡的情况下欣赏长江，也可以说是我与长江的第一次亲密接触。我们先是在防洪大堤上欣赏，那宽阔的长江胸怀，全部展现在我的眼前，那平铺的长江没有了凶狠，已经是非常和蔼、慈祥。江中船只来往清晰，可以听到机器的响声。我的雅兴正浓，从堤上下去，走近水边，用手舀起一把水，非常真诚地祈祷一番，再放下它。

五月三日，从合肥转车到南京，汽车开过南京长江大桥。南京长江大桥的桥体非常高，从桥上往下看，更加可以看到长江的气势如虹，流长如带。我马上把车窗打开，想在没有玻璃介质的视野下高空欣赏长江。那确实别有一番滋味，长江深陷在南京这块地图上，就像身体上的一根大动脉，河水如血液，船只如血小板、血小球，有次序地往来。下了桥，我还在庆幸自己有一个这么好的机会从高空看长江，又看得那么清晰自然。

五月六日，我从苏州转车到上海。朋友带我去上海外滩玩，那时正是晚上七八点，又下了点雨，行人不是特别多，在五彩的霓虹灯下，我见到了长江入海的情形。长江已经像一把打开的扇子，倾吐它从天山而来的经历，却疲倦地淌入大海。

　　我这一路地欣赏长江,又一路地感叹长江。后来总结:长江就像一个人,我所看到的是它的青年、壮年、老年。

烟雨迷漫岳王亭

　　长沙河西湖南师大旁、岳麓山脚下,有一个山岭叫赫石坡,坡不太大,却常有游客前往,大多是去岳王亭景区的。

　　八月十四日(农历七月初十),天空下着雨。我面对飘飞的雨点,很想出去走走,却又不知所向,考虑再三,还是决定去师大的岳王亭。

　　坐车来到师大,路上已经是湿漉漉的了。打着伞,信步穿过文学院。面前豁然开朗,青岚的山坡就在眼前,有一种初入桃园的感觉。待我细细看来,前有一坪,甚是宽阔,绿绿青草,掩饰了地面的苍白。前行十数步,坐落一屋,麻石廊柱、朱漆大门,门上一匾,书曰:岳麓英烈纪念祠。细读墙上碑文,才知是纪念长沙抗日会战的祠堂。

　　转到祠堂后边,有一短坡,草色苍绿,杂有香枫,高不及数尺。右有一潭,约五尺圆盘,潭水清澈,右岸樟树两棵,挺拔林立,树旁瀑布宽约两尺,高约两人,水沫飞溅,水击声轰轰,如大坝泄洪。潭之左边,有一石梯,拾级而上,就见岳麓山上烟雨蒙蒙,那浓浓的雾水,就像一个打扮得漂漂亮亮的姑娘披上洁白的婚纱——更加妩媚动人。

　　走完石梯,才知道草坡是一堤坝。前有一塘,塘水绿清,水中睡莲花数点,红白花瓣初放。塘中一亭,亭柱六根。亭有两桥,右有数"之"字廊桥相连,后有石拱桥相托。左边堤上种有垂柳,枝条倒挂,接近湖水,嫩白的叶儿披上雨水,就像洗洁的荷叶一般诱人。左岸樟树成片,盖去半边天空,也许那是夏日乘凉的好地方。右岸棕榈一行,叶尖枯黄,那也许是烈日的功绩。

踏上"之"字桥,游人数十分立两边,低头看着湖水。走近才知道:湖中游鱼数百,红白间杂、大小不一,都在争取游客的食物。我也童心大发,掏些食物喂给它们吃。

亭中有一巨碑,前有朱线彩绘一幅,细看才知是岳公(岳飞)之像,后有碑文铭记:岳公抗金驻军赫石坡。清之志士抗清集资修建此亭,已表决心。长沙会战,在岳麓山苦战,阵亡将士不计其数,为了继承湖南人的传统,再次重修。

出亭上石拱桥,又有一坪,呈三角形,坪边有银杏树两棵,树上挂满了白果。往右顺塘堤而行,不过五十步,就是山边石径,再前行数十步,有一小径上山,不出二十步有一长廊,廊中书法染壁。细数有李立、颜家龙等墨宝和"吾将上下而求索"等句。廊中有情侣嬉戏,也有童子读书。

廊下一潭形如腰子,约十米见方,水深数尺,溪水清澈,小鱼三四尾,有一柳伸枝入水,潭头一溪,溪水汩汩,溪中石头三四个,可以踏石玩水,也可以坐石洗足。溪上一拱桥,从桥洞望去,溪源在桥后的林丛深处。涉溪上岸,往前行三十步,就是一青石坪,坪长两棵银杏树,也就是亭中看到的那两棵。

坡上有一石梯直上。分四节,每节三十五级,再加一台,台下四级,台上五级。第四节没台,合计一百六十七级。走完石梯,有一高台,墙壁上有"七十三军烈士墓"等字。往左,有一青石小径,前行二百余米,有八角亭一座,名曰:纪忠亭。是岳飞驻军的地方。返路五十米,上坡有一高坎,这就是阵亡将领的碑石。走过百米高坎,穿过一个小门,就见一座巨碑,矗立蓝天。碑上有"七十三军阵亡将士纪念墓"、"精神不死"、"青山埋

忠骨"等字。后有忠义观,藏着阵亡将士的骨灰。往右走过一个小门,有着数层高坎,坎边种着一排一排的樟树,墙壁上并列着一些石碑,碑文写着阵亡将士的职务、籍贯、名字。走上第二层高坎,再往下看七十三军烈士墓,就是一个巨大的墓冢。我站在这高坎里,终于明白青山埋忠骨是怎么一回事。看着这么多的坟墓,更让我清楚湖南人精神不死的意义。

下坎往右走,有一山沟,坐落着一座别墅,但是早已破烂不堪了。据说是民国时一位省长的。别墅的右边有一上山小径,是七十三军一位师长的墓。再走原路前行,路在林莽中伸长。隐隐可以看见长沙会战的战壕痕迹。前行约二百五十米,有一亭,名曰:归宿亭。也许,岳麓山就是爱国将士的最好归宿之地。

返途到别墅,后面有一股清泉,喝口泉水,再洗把脸,把泡在悲情中的心情放松放松,方才下山。

鸣沙山下月牙泉

鸣沙山月牙泉景区在敦煌市城南五公里。由鸣沙山、月牙泉两个景点组成。

我向往沙漠,想在沙漠里自由行走。到敦煌,就盼有朝一日偕妻子去沙漠里走走,饱览沙漠的形状。敦煌的水土反应明显,身体不适,到了雷音寺,我都只能对沙漠望而兴叹。静养数日,调以药物,身体才康复。妻子见我身体好转,拉我去西大桥达记驴肉黄面馆加餐,饭后在市区转了一圈,不留神被公交车带到鸣沙山月牙泉景区门口。

沙漠就是沙漠,金黄耀眼,在很远的地方就吸引了我的眼球。

以前,没见过沙漠,真正来到沙漠边缘,心里不知道从哪儿欣赏起。好在妻子在旁,她在敦煌生活过十年,来过数次鸣沙山,给了我定力。

鸣沙山是茫茫沙漠的第一山,山峦起伏优柔缠绵,没有山的尖锐和锋芒,体现着自然的柔性与狐媚。鸣沙山也不失线条的俊美,峰岭间锐利如刀削。

鸣沙山之鸣在夏季,太阳暴晒过后的沙漠,只听到砂砾恩恩的声音,那就是沙鸣。沙鸣与它的地理位置有关,鸣沙山是沙漠的第一座山,沟深,峰距较近,回音很大;敦煌四季干燥,砂砾易干,散开、流动的机会大。

到鸣沙山,要跨过一片沙漠。踩在砂子上,软绵绵的像棉絮。沙漠没有弹性,是表面的砂砾晒干后,砂砾间有空隙,人踩上去,受压力挤向两边,有下沉的感觉。走上一小段,感觉不到沙漠的绵软,而是走路的吃力,每迈一步都很艰难,连身躯也无法站直,却可以磨炼坚持走下去的意志。走上两百余米,有沙石路,砂砾黑色粗大,可以承受车辆。这就是鸣沙山脚下,沿着沙石路往前,末端是月牙泉。

往前走,看到几棵凋零的树和一条小河,让我想起沙漠中的绿洲。走近才知道,一片方圆几亩的田野,早已荒芜,田垄上长着一排排树。妻子说,那是沙枣树,甘肃特有,夏天枝叶茂密,冬天沙枣满树,红红的枣子吊在树上,映衬着蓝天非常美丽。

走完沙石路,看见月牙泉的远景:在沙漠里,一弯泉水,泉边点缀几棵枯树。高台上,有一建筑群,名月牙阁,乃道教圣地。

月牙泉形似新月,古称"沙井",又名"药泉"。地势低洼,水深数米,一度讹传"渥洼池",清代才得以正名"月牙泉"。据说,那时水质甘洌,清澈如镜,千百年来在沙山的环抱中没被掩埋、干涸。我环泉走一圈,虽不见泉水清澈,确是一道奇观,弯弯的形状让人心动。骆驼草长在堤上,

庞大茂密,冬季也不枯萎。

游客爱去的是南面的沙山,即鸣沙山中段。冬季虽然没有沙鸣,也别有一番风味。爬鸣沙山走一步滑退半步,再迈步却是一小步。我是一个爬山能手,从没落于人后。跑步上山,没迈出二十步,脚已经迈不开步了。爬不到五十米,口喘粗气,步伐艰难。滑下来,回到月牙阁,休息半个小时才缓过气来。叫了一杯杏皮水,甘甜中带着微酸味,很解渴。

轻松走出沙漠,还可以回味杏皮水的酸甜和游走的滋味。

我想,和熟悉的人去鸣沙山,应该分冬、夏季去:冬天租一双鞋套,在沙漠里漫步、摘沙枣、爬鸣沙山,渴了喝杏皮水、饿了吃沙枣,回家还带一瓶五色砂。夏季午后三点去,鸣沙山的砂砾热了,骑上骆驼转悠,倾听砂鸣声,累了去月牙阁乘凉;想刺激就玩越野摩托车和沙地速降;六点后在沙漠上晒太阳浴、砂疗浴;夕阳西下,挽着妻子漫步,回味我们的爱情。

北京春色

北京,在我的心田上,是神奇的圣地。无论什么时候去,北京都应该是美丽的。但我真正要去北京了,心里却又有些犹豫,到底该什么时候去最好呢?能够看到北京最美的风景吗?问过许多朋友,都没有给个准确的回答,我只好自己选择,在春天的四月,踏上了北去的列车,去心灵的圣地——北京。

在北京住了一周,让我记忆最深的是两个字:春、色。

北京的春天比长沙来得晚些，在长沙享受完春花烂漫和踏青，进入枝叶茂密后，北京才开始春天的发育。四月中旬，北京的万物才郁郁葱葱、枝繁叶茂，充满生机和活力，展示着一年里鲜艳和色彩的光芒。走在北京的春天里，正如坐上幸福的缆车，欣赏艳丽的色彩和众人的快乐。

我到北京，春天才刚刚到来，万物吐芽、亮花，冷冷的气候也在转暖。准备在北京生活一个礼拜，我却不知从何处观察它的美丽，也不知道从何地享受它的春天，天天穿行于北京的街市，只好在车辆的视线处寻找它的美貌。也因为汽车的玻璃窗，给了我开阔的视野，我舒适地坐在汽车上，随随便便地欣赏起街头的风景和花朵的艳光。坐多了汽车，欣赏风景成了习惯，我就不愿意去坐地铁，阻挡眼睛的享受。七天里，我的眼光留在车窗外，毫不掩饰欣赏的欲望，北京的美丽和丰满，充盈着我视野的空间。

北京特大，却是片干旱之地，生长的树木与南方相比是耐旱的胡杨。走过北京的街市，看到最多的是胡杨和桃树。因为这两种树，给北京的绿化披红挂绿，让我欣赏到温馨和浪漫。胡杨的叶子只吐出两厘米的嫩芽，嫩黄的翠绿那么温柔可亲，莹莹的冒着白雾环，一路排列，托着我年轻的心胸，飘洒着轻松和愉快。躲在嫩叶后面的泪眼，留念人们的亲昵。桃树是春天的精灵，带了温馨的花香，开放那粉红的花朵和纯白的花蕊，迫使万花追逐。北京的桃树遍地，像个桃花的世界，每块绿化的狭小地带，都有桃花的身影，粉红、暗红、艳红的花朵吸引着行人的眼球，那雪白的花儿拓宽行人的视野，粉黄的花骨朵带着温和的柔情，开得那么烂漫。可是，一夜春风带雨，那花瓣满地飘扬，带走我的心痛。

行走一周，对北京的春天有所感叹：浏览北京的颜色，不要去公园，只要坐上公交车，把目光送到窗外，外面就是春天，外面就是花的世界。坐着公交车，我流连忘返于北京街头的花海。

第四辑
浮光掠影

黄岩杜鹃红遍

　　湖南的春天,我最爱的是杜鹃花,红红的杜鹃花掩盖了所有的树枝,艳丽的花朵展示着它的色彩和热情,漫山遍野的杜鹃红遍了山麓,吸引着我的眼球。

　　从小生活在山村,过着荒野的童年,春天留着杜鹃花的芳香和童年的甜蜜。但是,我已经离开家乡,在城市打拼了十来年,童年的趣事成了记忆,很想在清明时节回家乡看看记忆里的杜鹃,数次都没成行。得知在怀化黄岩举办杜鹃文学笔会,可以去黄岩乡看十万苗杜鹃,我欣然前往。

　　杜鹃是童年的食品,吃多了又担心自己鼻子会穿孔。春天,万物发动,树林齐绿,花海争艳,杜鹃也不例外。在我的家乡,杜鹃花有两种,一种是红的,花蕾的时候为绛红色,花蕾开放,绛色慢慢淡去,红艳渐渐鲜活,最终花瓣透明,花朵全部盛开,这种花可以吃。一种是白色,花蕾带着紫色,慢慢地紫色消失,白色渐重。孩提时最爱干的事是吃杜鹃花瓣。杜鹃花开放,花朵里带着露珠,花朵被晨露洗涤得清洁,摘下没有经过阳光的杜鹃花瓣,放进口里,细细嚼,甜味漫上心头,加上花瓣的脆滑,吃出一种新鲜的味道。我喜欢杜鹃花的清脆,见到刚开的,禁不住摘下来吃。父母交代,杜鹃花吃多会吃穿鼻子,就列举了村里一个畸形鼻子的女人,说是吃杜鹃花的结果。我们再也不敢吃了,到了第二年春天,我们又照吃不误。

　　黄岩乡距怀化市区二十一公里,海拔八百余米,属于市郊。公路在山海中盘旋,翻过无数个山岭,才到达一个平坦的地方,那就是黄岩。黄岩到看杜鹃花的地方还有一段距离,据说要爬山越岭,我们只好吃了中饭再寻找。

平地的杜鹃多在清明前后盛开,山野的杜鹃却迟些。清明时节,常伴着江南的雨点,淅淅沥沥地洒在坟头。如果上坟没有带纸钱,可以在附近山头采摘些杜鹃当鲜花献上。这是很多青年男女的行为,也是凄凉的浪漫和淳朴的真挚友谊。

黄岩地势高,花草树木萌发较晚,杜鹃花比平地晚一个月。

我们暂住玉湖山庄,酒足饭饱后,大家才去看十万亩杜鹃。

杜鹃花离玉湖不远,坐车颠簸半个小时就到,我们几乎是在惊叫和感叹中行驶,并惊奇司机能在这么狭窄的山路上奔驰,也惊艳山色的葱郁与风景绮丽。汽车驶上崎岖的山路,路边的杜鹃隐约可见,只是东一朵西一串,不是很成气候,但也还能引诱视觉。

车翻上一个山岭,地势开始平缓,两面山势像进口的簸箕,山头伸得高高的。车沿着一个山头往上爬,越往上爬,越能看清山的陡峭,灰白的石灰岩从青色的山体里露出来,点缀在山峦,甚是吸引眼球。往下看山峰,林林总总,独树独立,山峰间天井舒张,口袋无数。

车终于停了,前面散开的是满山的杜鹃,红红地展示在树丛中,开始看到的还不是很多,杜鹃花树也不是很健壮,矮矮的像铺垫。越往上走,杜鹃花树越多,树也长得粗壮、挺直,高高地傲起,显耀自己的花色。走在花丛里,人与花齐高,眼前一片红艳,惊得我无从下手,只好东找找,攀下一个花枝,看是否诱人;西寻觅,采就一支花簇,看是否可爱。我陷入花海,像猴子采苞谷,看到的一个比一个好,我急不可耐,匆匆走过去,瞻仰它的风采,心里只能用心花怒放来形容。

攀上山岭,我终于高出杜鹃花一个头来,从山顶往下看,那花海波澜起伏,阵阵花香飘过,凝着露水,洒在我的衣服上。再看十万亩杜鹃,杜

第四辑 浮光掠影

鹃的红色带着花香的感觉迷漫了我的视野，久久记忆着这花海的鲜艳和美丽。

九龙漂流

万载，让我记忆的是谢灵运的封地和山水。远古的晋代，谢灵运的文字就成就了万载这片土地，也成就了万载的历史底蕴。初到万载，感觉万载是个小小的山城，城市周围起伏的山岚和茂密的原始森林连成圈，万载人民生活在山水之间的城邦，享受着自然的惠赐和森林的乐趣。

九龙自然风景区距万载县城三十公里，方向偏东，驱车约一小时。想了解九龙的原始森林，按当地人的说法，就要去九龙河漂漂，然后深入森林内部。

我走了很多地方，从来没漂流过，对漂流怀有一种向往和好奇。我又是一个旅游完美主义者，想在旅游的时候享受自己的生活和快乐，在旅途中饱览眼福，还想发现自然界的稀奇，让自己对某个景点进行深入了解。

去九龙漂流，先要驱车到九龙垦殖场，再转车到漂流源头。

九龙漂流全程十公里，都是在原始森林里穿行，可以在溪流中观赏原始森林的风景，也可以像探秘一样去考察原始森林的秘密，十公里长的漂流，有着激情、刺激、惊险、欢乐，让每个来旅游的游客都满载高兴而归。

我们随着汽车爬山的声响，已经把视野撒向了原始森林深处，静静地享受窗外风景连连。车翻过一个又一个山头，车在山头上爬行，我的视线在树木的顶尖浏览,寻找更美的绿色。车慢慢向原始森林深处行进,山林越来越茂密,山间越来越静谧,路在树影里穿行。

下午三点,一起来漂流的二十几个文友都到了漂流源头,在组织者刘德明的安排下,我们选择好了自己的伙伴,两人乘一个皮划艇。我是第一次到江西来参加笔会,熟悉的朋友不多,来漂流的只有刘德明,他安排我与他同船。可是人多,临时找伙伴的也不少,等我穿好救生衣,找到木桨,大家都上船了,刘德明也被人拉上了船,还剩下一个接待的同志没有上船,我只好与他同船下水。

源头的水不深,河面比较宽广,大家一窝蜂地划着皮划艇挤进水里,船与船连在一起,两岸的树木显然经过了砍伐,看上去比较稀少。我们一船最后下水,前面已经漂去了两三百米。有些文友,船与船刚拉开距离,就开始打水仗,快活声、呼救声、尖叫声、呐喊声一片,让整片森林都沸腾了。

划入溪中,我才知道,太阳已经偏西,河道上能够晒得到的地方已经不多,温度也没有城里的高,感觉到清新凉爽,身体轻快,精神猛涨,手臂也不再裹在衣服里。我以前很少划船和戏水,拿着三尺木桨不知怎么舞。看到河水浅,就用桨抵着河床,推着船身前进。

漂出百多米,就有一个长长的水潭,潭水不深,水流很缓,纯靠划桨来推船前进。我不会划桨,顺着水流的方向划,船友顺着逆流的方向划,我们一齐划,船就在水上打转转。文友们的船离我们远去,我们心里一急,一齐用劲,船漂荡得更厉害,缺失了方向感。我转头一看船友,才发现自己划错了方向,调整方向,一起努力追上他们。

我们追上前面的文友,大家就向我们开战,桨声啪啪,水柱激起,人就成了落汤鸡。漂流时打水仗,没有绝对的敌人,只要抓到对象,就相互开战,水花溅起,刺耳的女人尖叫声、男人欢呼声、喊杀声不绝于耳,真的像战场。在噼噼啪啪的木桨击水声里,空中飞散着雨雾,大家笼罩在雨雾里,

玩得十分愉快。

我才知道,作为漂流,一项最大的活动就是打水仗。来漂流,就是来寻找乐趣的,就要玩个痛快。不管对方是什么人,有着怎样的身份和地位,见到就要与之为敌,打得越厉害就越快乐。大家嘻嘻哈哈地打着水仗,每一个人都在快乐着。天气热,打点水在身上还比较凉快,大家都尽兴为之。

我俩一起努力,追上一船又一船的文友。追上一船文友,就跟他们决战一次,两个人对付敌人,需要发挥团结精神,一阵冲锋,一阵激水,越猛越好,打得他们四处逃窜。有时候,敌人会赶上来,追着我们打,我们只好把船停下,两面开弓,集中水力,对付前来攻击的敌人,他们在我们强大的水力之下,被打得落荒而逃。

打水仗,讲究团结和全神贯注,把所有的精力和力气都集中在一起,想尽办法击起最多的水,把水柱集中泼向敌人的船只。如果一家人漂流,可以体现一家人的关爱和团结,也可以看到一家人的配合。

漂了里把路,两岸山色就开始变化,岸边古木林立,苍翠如云,像飘浮在我的头顶。细看河岸,树树挺拔,枝枝向上,让人非常欣然,就像目睹新奇。溪边泉水汩汩,响着林间的音乐和小曲。树上藤蔓缠绵,牵牵连连,纠缠一片,林中空阔,金光满地。

船随着流水漂移,就像坐着雪橇在原始森林里滑行。躺在船上,船只慢慢移动,可以收视两岸风光。岸上偶有几尾楠竹,零星点缀。还有水边的野芋头,长得非常茂盛,硕大的叶子连连田田,掩盖了杂草,几滴水珠来回荡漾。走在这样的原始森林里,我不愿意再动一下,我只想把那些美妙的东西收集起来,带回温暖的家园,留作思恋。我想,最原始的漂流一词,应该就是这样来的,是随着流水漂移的意思。

溪水虽然不是很急,却也有些小小的落差,让人激情澎湃,船随着流水迅速落下,又随着漩流急速上升,一个小坎,起伏五六次,人上下颠簸,抓紧皮划艇上的绳子,人体漂荡,真是刺激过瘾,这样的小坎过了一个又是一个，人就在激情中回荡，也在惊险中呼喊和前行。

漂流有很多的未知数，就是你的船走在最前面，也不一定是第一名，随时都有可能后来者赶上或者超过。还有如果作为一群漂流的朋友，走在最前面的船只要注视前方河道的可行性，一般河流有很多地方都会分流，一溪的水分成两流或者三流，但是，一般情况下只有一流的水可以通航，其他的地方都不好走，有时还要拖船，作为领航的船，就要找到让大家都可以通航的地方。有船只漂流遇到暗礁，皮划艇就会被挂住，后来的船只要拉一把，把触礁的船拉离礁石，一起走出险情，发挥集体团结合作精神。

漂走九龙溪，全程十公里，需要三个多小时，等漂过一半的路程，河床变宽，水非常的清澈，偶尔还能看到几尾小鱼。人的体力慢慢地减少，险情却越来越多，惊奇和尖叫声叠起，需要划桨的地方越来越少，漂流的意义更大，我们放下桨，让流水推移，慢慢地靠近终点。

广汉印象

旅走已成我的习惯，走过的地方总有些印象，记点文字也是我的兴趣。在广汉，住了一个月，没留下任何文字，时时在脑海中纠缠，想写点东西来纪念。

广汉是成都的一个县级市，承传了许多成都的风俗习惯，也有它自己的独特魅力。住在广汉，我喜欢它的自由，没有大城市的拥挤和喧闹，只

是静静地在自己的圈子里漫步，享受独立的生活。就是晚上，人都上街了，也比大城市的拥挤来得有味些。

印象最深的是那些古老的人力三轮车，天天在城市的角落里转悠，把广汉打造成一个人力三轮车的休闲城市。小小的广汉城，有三千辆人力三轮车，还有不少机动三轮车，这些三轮车奔波在街道上的每个角落，起到的士的作用。广汉是小城，街道狭小，走几个人就觉得拥挤。本来冷清的街道，有着几辆人力三轮车跑过，也感觉到它的繁华和热闹，有些城市气息，增加了人的生机。

我住广汉，在一个月时间里，很少打的，其实也无的可打。每天出门，走到小区门口，手一扬，就有很多人力三轮车围上来，随便选一辆，坐上后告诉要去的地址，三轮车就悠悠的载着我在街道上摇晃，像坐平稳的轿子，身体在车厢里起伏波澜。广汉人也喜欢坐人力三轮车，无论是上班下班、上学下学都坐，很多父母不送小孩上学，由两三个同学租一辆人力三轮车去学校。

我喜欢在三轮车上打盹儿，不用担心睡着了下错地方，到了目的地司机会把我叫醒。心情好，我就坐在车里欣赏路边的风景。广汉不大，可以看清街上行走的女人、摆摊的老汉、路边的茶馆、幽深的小巷，这些都让我感觉新鲜。

广汉女人，比较整洁，坐在人力三轮车里，车行走得不快，可以看清街道上女人的面目。欣赏她们的身姿，主要是看她们在街上溜达的情景，慢悠悠的步伐，是那么妩媚动人，举手投足都想描绘形容。如果我有些艺术才华，一定会带着欣赏的眼光或者诗意的思维去审美，那是一曲美妙的漫歌。那群穿着端庄、得体，不急不慢的步伐散布在街道上的女人，拉起了一道长长的美女阵线，给广汉街道挂上美丽的人物画，小小的城市增加了特殊的人文景观。

摆摊的老汉，坐在街道旁，身边放着个竹篮，装着些旧时代的古董。

老人眯缝着眼睛看那走来走去的人群,他在回忆自己光辉岁月和享受美好晚年,却忘记不了做生意的念头,还要把自己所处时代的古董搬出来,寻找它的顾客。竹篮里的东西早就被城市生活所淘汰,那些古朴的洋火和古铜色烟卷都安详的放在那里,显出那历史的年份。偶尔,老人拿起里面的一支烟卷,轻轻地叼在他的烟杆上,吧嗒吧嗒那美妙的滋味。烟卷是用一片烟叶卷起,没加任何包装,切成两寸长一段,可直接装入烟斗。看着这些老玩意儿,让我一个旅走天涯的人不得不想起它们的岁月,在历史的长河里回流往返。

路边的茶馆,是遗传了成都的传统。成千上万家茶馆,招牌没有两家相同,让我这个外地人看得眼花缭乱。坐着人力三轮车,在大街小巷溜达,或者寻找幽深清静的茶馆,是广汉生活的一件趣事。就像长沙人开着车在街上找美食,饱餐一顿,都难于忘怀。广汉人也喜欢在茶馆里谈生意,一杯茶来,就海阔天空地聊起那些风花雪月,一天也无法说完,商机也在这些话里展开。

坐上人力三轮车,转进那狭小的小巷,虽然没有古老文明的痕迹,也没有江南水乡的画卷,留下深刻记忆的小店和美食,那是漂泊的思念。四川人在饮食方面与南方人和北方人都不同,他们米面并重,特色小吃也非常多。广汉也不例外,广汉小巷的代名词是小吃。我在清闲的时候,就坐上一辆人力三轮车,要司机带我去寻找美食,穿过一条条幽深的小巷,找到想吃的金丝面、玻璃饺子、夫妻肺片、叶耳粑等。吃饱了,夕阳西下,太阳照在我脸上,染成金黄,有时烤着我背脊,散发它的温柔,我才愿意回住处。

我到广汉是夏天,有时办完事已经中午,回住处要坐人力三轮车经过一条又一条小巷,司机常择树荫处走,看见一群群三轮车司机把车放在树荫下,自己坐在车厢里打盹儿,那酣睡的姿态各异,让人有说不尽的感想。

夜幕降临的时候,蜗居在家里的男人、女人都走上了街道,打着各式

第四辑
浮光掠影

各样的蒲扇在街上闲游，多的是三五个人聚在一起扯淡。坐三轮车回家，要不停地打铃开道，满街就会响起一片三轮车的铃声，刚到广汉的人，以为是音乐演唱会开场。

离开广汉，还想念那人力三轮车，不知何时才能再到广汉去坐一回，回味我的记忆。

后海之秋

走在去后海的街上，两边是低矮的古建筑，有着历史的年月，让我回到那古老的年代，带着崇拜和瞻仰来欣赏它们。我是一个喜欢历史文化味的人，常在历史的瓦片里寻找雅兴，清净自己浮躁的心情和膨大的欲望。看着被漆成深灰色的墙面，不得不喜欢它的历史沉淀，心情也有些沉重。

我读过一些文字，是有关后海的，说后海是文人墨客思乡之地，也是雅士闲人的游兴之所，却没有一个人真实地描叙过后海的美丽。游后海，我只能凭借近视的眼睛去观赏和感受，再理解视野里的景物。

去后海，先要穿过一条胡同。而这里的胡同很多，随便走一条都通后海。

那一个个胡同，就是一条条狭长的巷子，非常的幽深漫长。我随便选择了一条胡同，悠悠地走进去。笔直的胡同，让我看不到尽头，真有点害怕和孤单，好在同行还有五六人，离我不远。稍走深点，街道上的喧哗远去,剩下的是安静和心宁,就像进入了孤独的海洋,没有自己的彼岸。我的心情反倒全部放松,不想再眷念世尘的烦劳。在狭窄的胡同里敞开心扉,放飞自己的精神压力和人生苦恼,回到快乐的世界和美好的时光中享受周边的风景。

我不知道这些古老的胡同是否对别人也有这样的作用,对我,是完全可以疗治我的工作病的,给杂乱的心灵找到一片安宁之地。

胡同的砖墙虽然有些腐蚀的痕迹,我却更加感觉到它的历史分量,在那些坑坑洼洼的墙面上,有很多的斑点,那就是民族文化史书。胡同的屋檐下,偶尔挂着排红灯笼,高高地挑在天空,那么鲜艳诱人。我联想起凤凰河边的酒家,在夜晚点亮灯笼,照耀客人到来。我曾经在那里游荡,差点被灯笼迷惑。看着灯笼,又感觉到世俗的近距离,于我是别样的温柔。

走到胡同深处,看不到树影,只有一抹孤霞飞过,轻轻地刷在墙沿上,反射回来,映得墙壁更加亮堂。隐隐感觉,胡同的墙壁是向两边敞开的,我好像走在两墙的底槽里,稍微走得快点,人就与霞光越来越近,天边越来越美。

走过长长的胡同,视野突然散开,面前呈现一个湖,水面很平静,比地面低了一个很大的尺度。出现在眼底的,像个盛着水的盆,宽大地摊开着。湖沿有些树,茂密程度不一,还多少挂着些树叶子。有些堤沿没树,留出块空地。视野扫过,大部分地方被茂密的树叶掩盖,只能从缝隙里找到点湖景。湖面几只鸳鸯,在它们的空间里游戏,唧唧呱呱地说着些情话,也许,它们在讨论自己的幸福。

开始,我没有发现湖面的迷人,等从胡同口走到湖边,就这短短的几步,我对湖面的美有着飞速的感染和重新的认识。面对夕阳,湖面却没有山塘的清澈,水面还弥漫着一层白雾。就这层雾,感化了我的视野,给我的心灵点缀了花朵。就像浪水击起的烟幕,连绵在水面,慢慢飘逸。我想,这美景只用四个字就可以形容:烟波柳渡。我非常感叹古人,他们竟然与

第四辑 浮光掠影

我今天进入了同一个境界，享受着同一种美。

湖边的柳树飘下枝头，密密的挂满红带，梳理它的行装。

在南方，我见过很多柳树，都是非常青翠。后海突然间变得绯红，已经出乎我的想象，更绘画出一幅艳美的名画，我就不得不感叹。

柳叶深深地烙上秋的痕迹，是我这些年来看的最美的叶子。走在柳树下，伸手可及柳树的枝叶。用形象的说法，是与秋天握手。但我感觉，秋天已经远去，我抓不住秋天的尾巴，落叶还是消失在冬天的寒冷里。漫步柳树林中，可以忘记地面的杂物，眼光都吸引在树叶间，我竟然流连于那一片片绯红的柳叶，为柳叶仰慕，为秋天欢呼。

抚开丛丛柳树枝，湖面的烟波与柳树的漫影结合在一起，好像走在湖面与柳树之间，飘飘然，有种自由的快活。这也许就是我所向往的生活——自由的浪漫田野。湖面越看越大，在我看不到的视野里消失。水影越来越暗，水与雾模糊难辨。

忽然被一阵音乐声打破，一看，一位老人在吹大号，他那自我陶醉的神态，让我完全为他倾倒。虽然音乐不是很动听，我却欣赏他的休闲自得、舒适自然，没有过多的追求和需要，只有那生活的美好。他的音乐，也是他的生活，他在音乐与生活里漫步，寻找他更高的生活质量。视野稍微移动，又看到另一个音乐者在摆弄他的横笛。我想，这是音乐爱好生活，还是生活需要音乐，我暂时无法定位。

再往前走，见三两个人在湖里浮上浮下，岸上却站着一群人，脱了衣服在热身，更多的是像我一样的过客，观赏他们勇敢。听朋友说，北京的河流少，多在湖泊游泳。北京人的冬泳，最好的地点就是后海。冬天的后海，本来是一个比较萧条的去处，有了这群冬泳的人，给后海的冬天增添了一些人气和活力，也给过往游客一些刺激的人文风景。

夕阳斜照，一对情侣选择在这个时候拍摄最美丽的婚纱照，摄影师凭借湖面的开阔和绯红的柳叶，做成一幕绝好的背景图案，加上白色宽大的婚纱铺地,组合成一片颜色鲜明的风景,映衬新娘、新郎显得更加漂亮、英俊。我在高处抓拍他们的情景,找到了婚纱艺术之外的艺术。一个摄影朋友跟我说,后海是北京拍婚纱照的天堂,大部分的新人都会来后海选择一生的留恋,给后海的游人秀一把。我就庆幸,看到了美丽的风景和新人,又抓拍了他们的活动,完成了自己的艺术梦想。

再往前走几步,是宋庆龄故居。可以想象,宋庆龄每天生活在这样风景如画的地方,她一生是多么的幸福。我没去故居,因为我看到了旁边还有一排红色人力三轮车。

坐上三轮车,围着后海转一圈,寻找到其他角落的风景,摸到了后海的秋天。

步旅黄河岸边

向往黄河,那是很久的事了。我是一个喜欢游山玩水的人,对祖国的山河有着几分眷恋,每到一个地方,都想饱览一方的山水,也算增加自己的见闻和阅历。

行走黄河,是我走南闯北时的愿望,也是目睹山水的至乐。读到这几年关于调查黄河源头的那些书刊,我就很想去看看黄河的模样,了解母亲河的风姿,特别是黄河的上游和源头。

行走祖国山水数年,见过长江及其他的许多大川,却没有见过黄河,心中总有种遗憾。黄河,在我的心中,是奔腾的江水和滚滚的洪流,有着

沸腾的气势和热情。可是,当我在兰州城里见到黄河,却有几分落寞,也有几分不甘;黄河的流水在兰州这座古城沉静下来,默默地流淌在兰州城中,失去了气势。

二〇〇七年一月二十七日,我与妻子来到兰州。在王长伟兄的陪同下吃了马子禄的牛肉面和热冬果,再去看久慕的黄河。

黄河流经兰州古城,给那个西北的干旱之城带来了充足的水源。也因为黄河水的流过,兰州城有了一种说不出的生机和活力。也因为黄河水,兰州城出产如拉面一样有名的美食和水质饱满的兰州美女。作为青藏高原起点的兰州城,是一个寒冷与太阳高辐射的地方,生活在高原的人,脸蛋上都有两个红富士,而女人最明显,两个脸蛋突出,形成圆圆的红苹果,永远不褪色。

兰州女人,没有红苹果的痕迹,身材也高挑苗条,体形曲线优美,面容娇媚。黄河于兰州来说,是兰州城的血液,也是兰州人的生命之源,更是制造兰州美女的天机。

我只准备在兰州停留一天,没有更多的时间来行走黄河和考察黄河,只安排了几个小时在黄河岸边走走,感受一下黄河的气息与风味。

散步黄河岸边,我们从省政府直接往河堤走。

兰州的黄河河堤宽阔,并有一道让游人行走的风景带。河床也非常宽敞,在这个冬节,河水只剩一点点,裸露出河床的大部分。黄河水没有我想象的黄橙,还是清澈发绿的。我才明白,黄河的水不是四季黄色,而是夏黄冬清。让我想起了高原的冬天是冰雪封冻,大部分河流断流,河水已经很小,也很难带走许多泥沙。

在黄河对岸,也有一个城市,那是兰州城的另外一半,其实是兰州新城,建筑高大宏伟。对岸山坡上有无数仿古建筑,现在作为兰州城的旅游景区开发,接待来自世界各地的朋友,从老城可以坐缆车去观光,品味兰州城。除了那些仿古建筑之外,其他山坡黄黄的,显露出光秃秃的沙坡。

夏季到兰州，黄河岸边，有许多的羊皮房子，那是牧羊人的家，守着他们的绵羊和财富。冬天的黄河，风寒地冻，河床边的草已经枯萎，羊群和人都受不了这寒冷，迁徙到避风港养息。

河堤虽高，树木较多，树种却只有几种，树叶也飘零已尽，留着光秃秃的树干和树枝，充分让游客感受西北冬天的萧条。往前走，有镇远铁桥。建于清代光绪三十三年（一九〇七），乃黄河上游第一座铁桥。以前是两城的交通要道，保证两岸的居民来往，现在是旅客的留恋之地，接待来兰州的客人留影。桥旁有一根锈锈迹斑斑的铁柱，叫镇远铁柱。是明代洪武九年（一三七六）所立，见证着兰州的变化和发展。

再往前走，有黄河的亲水台，可以直接走近黄河，感受黄河的气息。沿着河堤的阶梯往下走，清清楚楚地看到黄河的河水和河床上的残雪，也感受到黄河像个温柔的少女，渗透着美丽和魅力，让游客折服。

流连在黄河的堤岸，也流连在黄河的气息里。虽深深沉浸在黄河的宏大中，却不得不离开黄河，去我此行的西北大地。

西去荒凉

生活在南方古城，随处都是茂密的森林，即使开发的城郊，也被绿化披裹，加上来往的人流和车群，只有拥挤的苦闷。

西北的戈壁和沙滩，我没有去感受过；西北的荒凉之美，我也没有去亲历。曾经多少次想去西北，都没有成行。这次，岳父要我偕妻子上西北，

第四辑 浮光掠影

到敦煌过年。一路走来,见识了西北的荒凉与大漠,也欣赏了戈壁的凄美。

从长沙到兰州,一路北进。视野开阔,地势平坦,放眼茫茫,虽有别于南方诸省山岚起伏,却也辽阔壮美。湖北广阔,万物带着金色。入河南之境,什物灰色暗淡,丘陵远见,草木枯萎,窑洞依山遍布,遥似山野,荒芜杂混。车过三门峡,山丘林立,山体裸露,植被披冰带冻。

从兰州转车敦煌,天气突变,头上艳阳高照,蔚蓝的天穹没丝缕白云,太阳的光芒增加了世界的亮度,窗外明丽无比。郊野草苗枯死,树木光秃无遮,远近层次分明。

一路走来,身体变化无穷。长沙上车,身披厚厚的棉袄都抵不住寒冷,坐到车厢,温暖包裹了全身,继续北上,口渴得很,一杯接一杯的开水饮下,还是口干。车入河南,皮肤干燥异常,擦上润肤品,皮肤都不如在长沙的样子。到兰州,感受干燥的暖气,皮肤、口舌干得更加强烈,喉咙有冒烟之痛痒。最难受的是睡后喉咙冒火,疼痛难忍。

兰州去敦煌,是中原通往西域的路,也是丝绸之路,行走在沙漠边缘。古代,这里来往靠骆驼,现在有火车和高速公路。坐在火车上,不必饱餐塞外风寒,西北的气候却透过车窗玻璃的挡隔,把干燥带到了车厢里,分享着身体的水分和温度。

兰州出发是下午三点多。窗外太阳高挂,光芒散遍大漠。透过车窗,近处光秃秃的沙丘上留着些残雪,带着风沙的暗色,躲在沙丘的沟壑里的积雪,变成通透的冰块,闪着银光。河流的水已经消失,露出干涸的河床,黄色细沙铺满河床。远处的沙漠波澜起伏、延绵而去,在太阳光的照射下,沙漠呈橙黄;当着太阳的一面黄得可爱,背着太阳的一面留着阴影。一览无余的视野里,沙漠变幻无端。再远处却闪烁着雪山的光芒,银光照耀着周围的地形,让雪的世界更清晰、明亮。

火车行进在去敦煌的荒野上,展开在我面前的北方原野非常陌生。大片原野被白杨分隔成块,田丘密密切切,田垄上没有枯草的留痕,白杨像把扫帚打向天空,并列在沟壑边。偶有一两所房子,先围成方形四合院,在一边搭建一排狭小的土坯房子,来安顿人居。土坯房一层,坐落在空荡荡的四合院边,坪里空无一物。原野空空静静,路上难见行人与动物。

看着车窗外的风景,再也不忍目睹荒凉的大漠,只好把时间打发给睡眠。

第四辑 浮光掠影

旅行如歌

昆明印象

　　长期在城市间行走,雷同的城市很多,能留下记忆的城市不多,让我记忆深刻的城市更少。这次到昆明住了几天,昆明这个城市在我的记忆里留下了深刻印象,这也许与昆明四季如春有关。

　　我到昆明,正好碰上西南地区大旱,昆明有好几个月没有下雨了,昆明的气候也不像我想象的四季如春,而是干旱异常,气温高涨。其他城市已经是春花烂漫,昆明的春天好像来得晚些,还是冬末迹象。

　　走在昆明的大街小巷,我的身影不由得慢下来,没有大城市的快节奏,与本地人一样慢悠悠地行走在街上,欣赏起两旁的景物。

　　花枝招展的昆明女人,像春天的花朵,在那里争艳斗媚,寻找可以欣赏自己的主儿。但是,她们的皮肤好像不太为她们争取这些脸面,有些暗淡和偏黑,与长沙女人相比,少了几分清丽和白洁,更少了些娇嫩和妩媚。

　　在昆明住了数天,感觉到昆明人生活上有些晚点。我们生活在大城市,都是早起的鸟儿,赶着上班和做事。在昆明,很难找到这么忙碌的人们,他们在悠闲地过日子。每天早晨,我七点起床,收拾洗漱后去吃早餐,早餐店才开门,店里冷冷清清,很少有食客。看着空旷的店面,觉得有些凄凉和冷漠,坐下吃碗过桥米线,再去街上闲逛。

　　街上也安安静静,除了打扫卫生的环卫工人,其他人群比较少,偶尔碰上一两个早起的本地老人,在不急不慢地转悠或做操之外,很难看到其他人。我在大街上转一圈，呼吸了新鲜空气，才回酒店准备去办事，经过早餐店，才看到有人慢悠悠地来用餐。

我在昆明，住在关上，生活了几天，知道昆明人讲究夜生活，对漆黑的夜晚情有独钟，晚上过得有滋有味，比白天更有质量和高度。舞厅和宵夜是昆明人晚上的必修课，他们热衷于运动与进食相结合。我在昆明认识了一些当地的男女老少，他们都是舞林中人，对舞蹈无比热爱，跳到十二点才肯散场。跳完舞，他们的下一个项目就是宵夜，对宵夜的态度，比对舞蹈更有坚持力。喜欢宵夜的人，一般忙碌到凌晨三四点，才肯收场，回家休息。我到昆明，也参加了他们的宵夜大军，好好地享受了几个夜晚的美食，他们的美食非常便宜，我与妻子一个晚上才吃不到一百元，而且尝试了许多的昆明美味。

到昆明，吃滇味美食也许是一件很惬意的事，我作为一个湘菜的美食者，吃到傣族美食，非常兴奋。以前没到过昆明，只知道昆明的饮食属于滇贵菜系，有傣族风味。傣族菜到底是一种什么样子，我无从知晓。这次到昆明，才知道昆明的饮食很有特色，酸味和卤味调配，形成自己的风味。昆明人的主食，除了大米，洋芋占有很大的比例，我在昆明吃过的洋芋，有洋芋饭、洋芋饼、脆皮洋芋等，做得很有特色，味道也很别致，吃了记忆深刻。

昆明人习惯于吃带酸味的菜，虽然没有贵州菜那么酸，却酸味不减，腐乳辣味常留，连普通的蛋炒饭、蛋炒粉等食物，都可以吃到快意的酸辣味。在我品味过的很多小吃和滇菜中，都加有酸辣的腐乳和剁辣椒，提升食物的味道。

昆明四季如春，气候适宜，最适宜蘑菇和青菜生长。每年八月，蘑菇成为昆明美食里的风景线，慢慢端上了公众的餐桌。当地美食达人告诉我，昆明的蘑菇有上百种，常见的有三十余种，数量大，吃的季节长。在关上双桥美食街，宵夜最鼎盛的时候是蘑菇上市的日子，无论是昆明本地人

第五辑
旅行如歌

113

还是来昆明旅游的外地客人，都会到关上来品味昆明的蘑菇。吃着昆明的各种蘑菇，可以感觉到昆明的蘑菇世界有多大范畴，才知道自己有多少美食没有吃过。

在昆明的街头巷尾，到处可见的店面是茶叶店。昆明的茶叶店把茶叶和烟集中在一起卖。云南有两大特产，一是普洱茶，一是云烟。在人们的生活中，烟和茶慢慢地被人们所重视，也慢慢地被人为炒作，搞得大家都耳熟能详，云烟和普洱茶都受其害。

我喜欢喝普洱茶，以前很多朋友给我捎带普洱茶回长沙，不知道普洱茶的意义和品茶的形式。这次到昆明，我当然要好好品味地道的普洱茶，感受喝普洱的风味，我每到一家茶叶店，都要与老板侃普洱，一起品味他们煮的普洱茶。喝多了，我才知道像我这样饮茶如牛的人，最好用大玻璃壶泡。茶叶洗干净后，一次又一次地续水，加满一壶开水，带着葡萄酒的红色，非常诱人，喝着还有点甜味。

我走访了很多茶叶店，才知道很多普洱茶叶店都不是云南人在经营，而是由江西人做。近二十年，江西人从普洱茶的加工到销售，都在慢慢地蚕食云南人的空间。现在普洱茶的销售，有一半控制在江西人手里。还从江西人的口里知道，云南人做生意不是很厉害，唯一做得好的生意就是普洱茶，因为那是他们的老本行。

有了这些零星的记忆，慢慢具象化，我才整理出昆明的印象，永远留在脑海里。

黄龙山

　　黄龙山"山川深重,钟秀奇多",乃湘鄂赣三省屏障和分水岭,自古吴楚文化激烈碰撞,三省通婚,方言共用,形成以黄龙山为中心而独特的黄龙文化,孕育了黄庭坚、陈门五杰等文化巨人。留下宋代文人胡份,元代石抹宜孙,明初名将胡大海、耿再成,农民起义领袖陈滥胡,清代诗人朱彝尊、蔡启樽、袁枚等人的足迹;黄庭坚、苏东坡等文人题诗赋句,留下许多珍贵的诗章石刻。

　　黄龙山又名幕阜山,属幕阜山脉,横亘修水西北、平江南江桥、通城东南,余脉东延至庐山。黄龙山横跨修水黄龙、白岭、全丰、大椿、港口、布甲,平江南江桥,通城等乡镇,长约九十公里,总面积五十五平方公里,海拔千米以上高峰二十八处,有黄龙山、白米山、狮子山、凤形山、将军旁、大湖山、九曲岭、九龙山、太阳山等。

　　黄龙山方圆数十里,风景秀丽、林木壮观、峰石奇绝。晋代葛洪《幕阜山记》:山有石壁刻铭,上言:禹治水,高一千八百丈,周五百里,二十四气,福德之乡。洪水之灾,居其上可以度世。旁有竹两本,修翠猗然,随风拂拂。山无秽草,惟杞与芳,石如丹珠。峰顶石田数十亩,塍渠隐然,鸟道断绝,不可登览,左黄龙,右凤凰,皆在山麓。

　　黄龙山自古山幽林静,佛道钟情,禅宗五家七宗之一的黄龙宗诞生于此。隋朝开始一直成为道教与佛教活动的重要场所。黄龙宗之黄龙寺始

第五辑

旅行如歌

建唐代,南宋慧南大师开创黄龙宗,成为宋代江西四大寺庙丛林之一,梵音远播,历朝三次封赐,香火不绝,为江南名刹。

黄龙山在城北乡境内仅四平方公里,屹立新建小平原东部,西面平坦开阔,东南北三面低丘陵环绕。山梁下青松簇拥,山梁上奇石相接,悬崖似鼓如屏,连亘五六里,远望犹如苍龙盘旋蠕动。有金猴捧桃岩、角锥岩、八窗洞、蝙蝠洞、飞舟、铁扁担、珍珠洞等景观。处州北部陡绝异常,地势险要,古有山寨一座,乃军事要塞。

黄龙山以山雄、景奇、木丰、水美著称,蕴藏丰富的常年不低于七十摄氏度的温泉,有很好的药用功效。休闲避暑山庄和温泉洗浴场所是游人休闲度假的理想之选。每年三月举办的黄龙山登山节和黄龙寺特定的佛事节庆活动,更是流光溢彩,游人无数。主要景观有龙王峰、龙湫池、试剑石、鸣水瀑布、黄龙寺摩崖石刻、刘磐墓、犀牛望月、石田三亩、泰清温泉、玉皇殿、石龟问松、八卦石等四十多处。主峰只角楼海拔一千五百二十八点三米,被江西省人民政府公布为省重点自然保护区。

黄龙山以黄龙为中心,天岳关、只角楼、凤凰翅从三面包裹。

黄龙山以国有黄龙林场所在地大坳为中心,包括黄龙避暑山庄、黄龙林场办公楼及水库、山地、竹林,总面积五平方公里。交通方便,可以迅速通向天岳关、只角楼、凤凰翅及湖南平江县南江桥,林木以竹林、马褂木为主,环境优雅,空气清新,山水相映,溪水潺潺,非常适宜于避暑和休闲度假。

天岳关位于黄龙避暑山庄以东,分天岳、索溪,面积约十五平方公里。天岳位于黄龙林场东北十公里处,是湖北省和湖南省交界处,距湖南平江县虹桥只有二十公里,包括天岳关、天岳关抗日阵亡将士纪念亭、尧家林文化遗址。天岳关南通湖南平江,北通湖北通城要隘,为古鄂南最南的边防要塞,始建南唐保大中期,现存关卡为咸丰五年(一八八五)重建,两边崇边峻岭,关隘地势险要,登临城墙之上既可将湖南、湖北风光尽收眼底,又可领略古代将士保家卫国、奋勇杀敌的场景,雄关古道尽显千年沧桑。天岳关西是国民革命军陆军第九十二师抗日阵亡将士陵墓,占地约五百亩。整个墓群高耸山峰,庄严肃穆,北可远眺中原,南可纵览三湘大地,东可观黄龙日出,西可仰慕阜峰雄奇,可谓聚山川之航秀,汇古今于遐思。索溪靠近华楼嘴,沿着溪边石级可以攀登至轩辕、只角楼。路上可尽情领略青山、溪水、白云、蓝天,攀登至顶峰既一览黄龙山的无限风光,也可从中体验攀至顶峰后的喜悦。在崇山峻岭间有条瀑布飞流直下,最大落差达十多米,好似一条白练悬挂于青山云雾间,从山尖到山脚层次跌宕,两边绿树翠竹环抱,山涧溪水长年不断。

只角楼是湖北、湖南、江西三省交界的山脊线,面积约二十平方公里。湖北境内有一千亩的山脊。站在界碑处,体验一脚踏三省的感觉,让人倍感兴奋,远眺三省旖旎风光,天高气爽可远望洞庭湖、鄱阳湖的波澜壮阔。一年四季三面胜景不同:往湖北方向远观平等高山牧场,牛羊成群,农庄掩映在崇山绿树草坪间;往江西方向,近处山峰悬崖峭壁,山势险峻优美,让人联想到庐山的异曲同工之妙;往湖南方向,一条绿色大峡谷直冲远方,两边山体上万条绿色沟壑并排奔腾而下,汇于谷底。傍晚时分云雾缭绕,天上龙脊若隐若现,山脊上地势开阔,森林茂密,奇峰怪石林立。轩辕以只角楼顶峰为中心,约一千亩,往西沿山脊可到天岳,往西北方向走石级下山进入溪索,往东沿山脊可到达三省交汇处。只角楼为黄龙山主峰,海拔一千五百二十八点三米,挺拔雄伟,佛沙地、凤凰池与其争奇斗艳,各具特色。四周奇形怪石,植被茂盛,春夏之交,满山杜鹃盛开,火红花海,清香飘逸。

凤凰翅位于黄龙山西侧,属黄龙山分支,与凤凰池、只角楼遥遥相对,黄龙山三大主峰之一,海拔高度一千二百四十一米。大小山峰绵延起伏,构成黄龙山天上龙脊。面积约十五平方公里,原始自然风貌保存良好,古朴素雅,风情浓郁。凤凰池山峰高峻,山顶平圆,积水成池,常年不竭,登峰可远眺洞庭湖美景,又可享受山水灵犀。凤凰池峰南有溪流集山水倾

第五辑
旅行如歌

泻而下，飞瀑喷雪，蔚为壮观，其下水潭深不可测，名曰老龙潭。附近有应声石、漂水岩、赛牛，景观奇特，给人无限遐想。凤凰台古树名木众多，森林资源保存完好，原始藤架、参天古树、人工林相彰整齐，环境偏静，面积广博，有自然神奇的高山湿地，比较适合科学考察探幽。

紫金山上的敬意

怀念孙中山先生，最好的去处也许是南京的中山陵，因为那是他的最后一程。我数次到过六朝古都南京，徘徊在秦淮河畔与莫愁湖边，未曾去祭拜过中山陵。

今年春天，到莫愁湖玩耍时，南京的文友给我介绍了紫金山上的中山陵，又逢辛亥革命一百年，才下定决心去中山陵走走，瞻仰中山先生之革命精神。

从南京市区出发，往东有一条通往中山陵的街道，种满了法国梧桐树，据说是当年先生逝世移葬于南京时所植，特为纪念。初绿的法国梧桐肃立两旁，像列队的卫士，显示出它们的威严和旺盛的生命力。

中山陵位于紫金山南麓，属钟山风景区的中山陵景区，此处古称金陵山，有三座山峰东西并列，是宁镇山脉中支主峰。中山陵依山而建，坐北朝南，冈峦前列，屏障后峙，气势磅礴，雄伟壮观，前临平川，气象壮丽，让人有种敬仰之情。中山陵结合紫金山的山峦地势，突出天然屏障，以大片绿茵、宽阔石阶把孤立的建筑群连成整体，苍松翠柏，漫山碧绿。

一九二五年三月十二日，孙中山先生在北京与世长辞，遵照其生前归葬南京东郊钟山的遗愿，选墓址于紫金山南侧。一九二九年春，中山陵主体工程完工，六月一日，举行奉安大典，将先生的遗体由北京迁葬于南京中山陵。

中山陵由吕彦直设计，陵园平面呈警钟型，寓意"警钟长鸣，唤醒世人"。陵墓建筑全部覆盖蓝色琉璃瓦，牌坊、陵门、碑亭、祭堂和墓室建筑在一条中轴线上，以宽阔的花岗石台阶连接，紧凑完整，蔚为壮观。陵寝正前方有形如折扇的广场。

陵墓入口处有高大的花岗石牌坊，上有中山先生手书的"博爱"两个金字。从牌坊开始上达祭堂，有石阶三百九十二级，平台八个，均用苏州花岗石砌成。经博爱坊进入墓道，尽头是气势雄伟的陵门，上刻孙中山题写的"天下为公"。碑亭内石碑上正面刻原国民政府主席谭延闿手书的"中国国民党葬总理孙先生于此"。

祭堂为中山陵主体建筑，融贯中西风格，高二十九米，长三十米，宽二十五米，南面三座拱门为镂花紫铜双扉，门额上刻有：民族、民权、民生。中门嵌有孙中山先生手书"天地正气"直额。内刻有孙中山手书的《建国大纲》，正中是孙中山坐姿雕像，由法国雕塑家保罗·朗特斯基雕刻，底座镌刻六幅浮雕，是先生从事革命活动的情景。墓室陈放孙中山卧式雕像。

新中国成立后，刘伯承从湖南运来两万株杉树和梧桐树种植在陵墓四周；一九六六年，陵门、碑亭、祭堂顶上的琉璃瓦更换，祭堂、墓室的铜门修整如新；一九八六年，再次对灵堂、碑亭和牌坊加以修葺，修复陵墓附近的藏经楼主楼，作为孙中山纪念馆。近年，多处附属建筑得到妥善修复和保护，正气亭、永丰社、永慕庐、议政亭、仰止亭、音乐台、流徽榭、行健亭、航空烈士公墓等均修葺一新。中山陵园有三千多公顷，郁郁葱葱，景色优美。

瞻仰完中山陵，我想，王侯将相起于田亩在每个时期都是对的，孙中山先生也不例外。一八六六年十一月十二日，他诞生在广东省香山县翠

亨村,年幼打柴牧牛、捕鱼摸虾,过着普通贫苦儿童的生活。在他二十八岁的时候,提出了驱逐鞑虏、恢复中华,要建立民国、平均地权的主张,虽然当时候没有解决穷人的土地问题,却指导了后人的继承,现在农民人人有田,却没有几个人愿意种田。一九一一年十月十日,武昌起义爆发后,这场声势浩大的革命运动结束了中国两千多年的封建帝制。一九二五年三月十二日,先生于世长辞,离花甲还差一岁,真是革命尚未成功。

二〇一一年是辛卯年,辛亥革命一百周年,我来到了领导辛亥革命的孙中山陵前,向他致敬、怀念。

海滩如歌

当我第一次看到大海,就想用一个词句来形容,可没有找到一个恰当的词语。看到纯蓝的海水和起伏的波纹,心里最先感到的是安静,然后才是思绪涟涟,再是胸怀波澜。看到晶莹透亮的海滩和细腻的海砂,就有想用沙子填到胸口的欲望。

当我真正走向虎门海滩,面向大海的时候,所有的愿望都好像实现了。心里却知道,这不只是实现,还是面对。就只能站在那里先发一会儿呆,擦亮眼睛,等确认眼前的海是梦寐以求的大海才大踏步走向它。

海滩是一个巨大的生命,它不仅承载着来游玩的人流,还要接纳拍打海滩的波浪和吐纳的废物。

站在海滩上,我要做的第一件事是听听大海的声音和呼吸,感受大海的体温。当我的心静下来的时候,海就在我的胸脯上扑腾扑腾地拍打、飞溅,再散开成一朵朵的浪花。

再要做的是与海水玩耍、嬉戏。

我没有脱下衣服,还是直接走进海水(当然是海滩边)。伸出手来沾点海水在口里尝尝,是苦的也是涩的,还带着点腥味。再闻一闻,好像没有什么气味。但是,在离海滩很远的地方,我却闻到了一股刺鼻的腥味。

挽起裤脚,站在海浪能够拍打得到的地方,有那种用水淋脚的感觉,也好像坐在家乡的小桥上,把脚伸到溪水里感受溪水摇啊摇的快乐。可是,我是一个真正热爱大海的人,只有这点感受是远远不够的,我要身与海同在,才能体会到大海的真正快乐。

再也不用考虑身上的衣服被海水打湿,而是一步一步地走进大海。海水慢慢地泡上我的小脚,波浪推来的海水抓着我的裤管左右摇摆,就像顽皮的小狗讨好主人。海水漫上膝盖,还在往上升。转过身来,背向大海,海水就从我的腿上往背上推,如温柔有力的大手在为我推拿按摩,这种自然的按摩更是力度大,非常舒服。波浪洗过的海滩,偶尔也可以发现一两个七彩的贝壳,是那么漂亮、可爱、诱人。特别是在海水里翻滚的模样更让人想拥有,它却随着海水的退去而消失。如果发现一只漂亮的贝壳在水里舞蹈,不能等水退去就要瞄准时机,飞快的抓住它。如果没有十足的把握,也可以合起手来把它铲到海滩上。

大海是一个生命,如果来到海边就只站在那里静静地看海,那将无法看到大海的力量。大海在动,看海的人也要动。我习惯在海浪推过的地方闲走,也就是一半在海水里一半在海滩上,踩在细细的沙滩上,就像踩着刚弹过的棉花,挺有弹性,也很有韵味。慢慢地走,那将是把散步做一个完美的解释,更加体现了散步的悠闲。再有就是在海边跑步,不要跑得太快,也不要像走路一样没有力气,而是把全身的力量全部调动起来,跑着电影里的慢动作,脚踢着海浪,让海水四处飞溅,翻滚着雪白的花朵。

如果跑累了,就可以换一种方式——散步,这样相互交替也不觉得单调无味。如果玩得无聊,就又去泡泡海水。这就是生命在运动。

海滩是一个生命,也是一首歌,生活在海滩,就像生活在歌里。

车窗里的夕阳

记不清有多少次坐火车旅行,也记不清有多少次在火车上看到夕阳西去。却没有一次这么认真的欣赏过夕阳的美丽。

我很喜欢自然的美。喜欢西下的夕阳、天空的云彩、黄昏的彩霞、山野的青色。时时独自一人去看风景,高兴时,看得泪流满面,甚至哭得一塌糊涂。我又常常告诫自己:风景虽然很美,那是只能看看而已的。告诫的次数越多,我的情感流露得越自然。

我坐的是一列从武昌开往长沙的火车。时间已经是下午四点多了,火车在武汉地面启动。由它载着归心似箭的人离开了武昌。

长沙,那个城市我并不熟悉。虽然在那里生活了八年,我还是像八年前一样无知、懵懂,长沙对于我还是那么陌生,摸不透它的文明和生活。不陌生的只有那几条马路,因为我每天要在那里走来走去,我的脚已经数清了路上的石子。

武汉,并不陌生。这几年,我去过武汉很多次,每次都有新的感觉和认识。虽然当不上交警,却知道一些文化,也算得上一点了解吧。

火车开进了西下的夕阳,把我的注意力和思绪慢慢地拉进了美丽的傍晚。天空的烈日已经化解,日光不再恶毒地盯着我的身体,窗外也可以看到青青的花草。

看着窗外,青山起伏连绵,火车好像在山水中飘浮。

日光越来越淡,我能够看到天空的蔚蓝和漂泊的云彩。天空和云彩就在我的脸旁,中间只隔一块玻璃。我很想把手伸出去,摸摸那多情的云彩和无私的天穹,再做一回撒娇的孩子,体验母亲的温柔。也可以清清楚楚地看到大自然的什物。近处的花草,远一点的水田长满了青翠的禾苗,田坎上的玉米和黄豆把一丘一丘的田围起来。远远看去,就像一张散开的网,田坎成了网丝。再远一点是山坡上的庄稼,大片大片地连在一起,就像天边的青地毯。最远的是起伏的山岭,就是中国山水画里画的几根波浪线。再用手托着左脸,这幅画就立起来了,好像贴在车窗上。

余晖飘进车窗,落在我的头上、衣服上,给我染上金色。火车在按着它的速度前进,我的目光也随着车窗划过天边。天空漫起了白云,就像那薄纱,再接着是一朵两朵彩云,给天空施点胭脂,然后就是黄云,像轻舞的飘带。这一切,就像一个女人在打扮,动作很快,可见它的娴熟。

我看着这美景,不知何时又进入了梦乡。

云蒸霞蔚的赤壁

在我的记忆里,赤壁是一个非常向往的地方,那里有滔滔长江,有杜牧苏轼的足迹,还有那一块水击有声的岩石。

我羡慕自然，也羡慕人文，只想到那地方去吊古舒心。

去年四月，我两次到黄州，却没有时间游赤壁。离开黄州前的一个黄昏，才抽空走上长江大堤。一线漂泊而来的晚霞挂在天边，几点白云所成的纹理抹开眼前的视线。其实，在我面对的不是长江，而是长江之滨，也就是江边的荒地，能看到几片小菜地。再远一点就是江滨公园，茂盛的杨柳，繁密的树叶盖住我要看的长江。走下大堤，顺着一条小路，穿过森林，来到江边。江面还是很宽阔，水位却很低，一眼望去，只见水雾。我感觉不到它的大，也找不到我想象中的气势。没待多久就离开了江边。

一年后的今天，也就是二〇〇五年五月。我又来到赤壁，还是一个黄昏。

我与叔叔来到江边，堤上已经有很多人在乘凉。看到那悠闲的样子，我更羡慕生长在江边的渔民。心里更想看看过去了一年的长江。杨柳青青，树叶随风，我的心就有一种轻舞飞扬的感觉。张开两手，迎着河风，很自然地走下河堤。再无心看沼泽边的小钓，直接步入江滨公园。园内野草繁茂，还有几座小屋。走近小屋，屋前有一坪，宽约数十平方米，屋檐下卧一黄犬，还有一群小鸡，在"叽叽叽叽"地叫着找东西吃。再走近，我才发现这座小屋有一个门，门槛上坐着一个十岁左右的小姑娘，在剥豌豆。我想：这应该是守林工人的家了。迎着黄昏的晚霞，这座小屋就更加漂亮了。我本想走近去看看，没敢打破这美景，轻轻地从旁边走过。心想，如果苏东坡再世，这又是一首好诗（《赤壁》诗），又是一篇美文（《前赤壁赋》）。

再往前走百来米，就是长江，只听见"轰轰"的响声。我从小生活在清净的山村，习惯了安静的生活，听到这江水的声音，实在是一种震撼。静下心神，待我细看，江面升起"腾腾"白雾，白浪滚滚前来，拍击沿岸，浪花飞起，如摔出一把珍珠；船只往来，击起波涛，机器轰鸣，给长江增加了一些繁忙的声响。举目张望，四野开阔，天空彩霞飘飘。这让我不得不想起王勃《滕王阁序》里的"云蒸霞蔚"，我推敲，应该是这种场面。

到赤壁，我还要去一个地方——苏东坡夜访的赤壁石。打听再三，才知道已经是赤壁公园了。

回湖南的前一天下午，忙完公务，匆匆忙忙赶到赤壁公园。

赤壁公园距长江大堤大约两三百米，在一片民宅包围之中。拐过两条小巷，才找到公园大门。建筑是那么古香古色，跨入大门，就好像走进了苏东坡的宋代，到处是诗词歌赋，又像是走在文化的宋词里。苏东坡的《赤壁》诗、《前赤壁赋》、《后赤壁赋》等都在我的眼前，它再也不是文字，还是苏东坡给我们后人画的几幅山水画。

我后来想，如果要到赤壁去，要先从武汉走高速，再坐船过长江，游大堤，然后去赤壁公园、怀仁寺，最后去桑城吃长江鱼。可以从现代走到宋代，再从宋代走到现代，走得很有条理，也能让自己更加进入角色。

挑战沙漠极限

从小生活在湖南的农村，对西北的戈壁和沙滩没有感受过，去西部体验那沙漠的荒凉之美，是我从小的梦想，曾经多少次想去西北都没有成行。二〇〇七年一月底受岳父之命，偕妻子上西北去敦煌过春节，并与李平几人相约去敦煌鸣沙山腹地，深入沙漠体验沙漠风情和自然奇观。

爱慕敦煌之雪，无知深入大漠

在从兰州去敦煌的车上，就可以远远地看见沙漠，那一望无际的黄

沙,撩起了我心灵的渴望。望着窗外,近处光秃秃的沙丘上留着些残雪,带着风沙的暗色,躲在沙丘的沟壑里,变成通透的冰凌,闪着银光,非常的可爱,也让我回忆起童年的冰天雪地。河流的水已经消失,露出干涸的河床,金黄的细沙铺满河底,连着河岸。远处的沙漠波澜起伏、延绵而去,在太阳光的照射下,沙漠呈橙黄;当着太阳的一面黄得可爱,背着太阳的一面留着阴影。一览的视野里,沙漠变幻无端,闪烁的雪山光芒银光耀眼,周围地形凸显,雪与沙漠的世界更清晰、明亮。

进入酒泉,海拔慢慢增高,对于我这个低海拔生长的湖南人有些压抑、胸闷。我感觉最难受的是空气干燥和气温突然升高,很想喝水,衣服减了一件又一件,还是很难受。这与我想象的完全是两回事,我在长沙动身之前问过兰州的朋友,兰州白天的气温是零下十多度,晚上是零下二十五度。我就在衣服方面做了充分的准备,穿了毛线衣,外加厚羽绒外套,在兰州不感觉冷。妻子见我直冒汗,知道我高原反应开始,忙给我用冷水搽手、脸。

妻子从小生长在青藏高原的格尔木,随青海石油局生活基地下迁敦煌七里镇而住到了敦煌,虽然这几年都跟我在湖南生活,回到这个高原还能适应。我在敦煌下车,连去看看沙漠的边缘都没有,就被送往七里镇休养。在这个小小的石油城,每天都输液,做一些适当的身体锻炼和适应沙漠探险的运动。几天下来,身体已经适应了高原生活,也离与李平几人约定进沙漠的时间近了。

二月十一日,我接到李平的电话,他们六人当天下午从酒泉出发,到达敦煌的时间是十二日上午,约定十四点在鸣沙山月牙泉景区的月牙阁见面,我所需帐篷、衣物、食品、水全部由他们准备,我只要到达预定地点就可以了。

我的身体才康复,而我又不愿意放弃这次进入沙漠探险的机会,就与妻子商量,隐瞒岳父、岳母,说到妻子的同学家去玩两三天。妻子本是不参加这次沙漠探险的,见我身体不是很健康,就以医护人员的身份要求参加我们的行动。取得李平几人的同意,妻子准备了一件大外套和四瓶水、少许零食。

鸣沙山月牙泉景区在敦煌市城南,离市区五公里,由鸣沙山、月牙泉两个景点组成,从景区门口进入,就是鸣沙山的东段,穿过两公里的沙漠绿洲,抵达鸣沙山中段,也就是月牙泉所在地,与对面一座山形成一个山沟,月牙泉就这个沙窝里。再往鸣沙山西段走,走五公里,就伸入沙漠腹地。这些情况,都是我后来才知道的。在我进入沙漠之前,我没有上网查过有关敦煌大漠的资料,也没有参与李平几人的路线制定,我只是跟他们一起探险而已。

在敦煌,对吃流行一句话:天上的龙肉,地上的驴肉,沙漠边缘的敦煌城也成了好吃驴肉之城。敦煌的酱驴肉黄面号称中华一绝,很受在西部生活的人喜欢。敦煌市西大桥农贸市场门口有家达记驴肉黄面馆,享誉敦煌城,远近顾客都爱到这里来品味。我们住在七里镇,去鸣沙山要经过西大桥农贸市场。

十二日上午,我与妻子赶到敦煌市才十点多,市区到鸣沙山只要半个小时,妻子想在城里转转,浏览一些衣服。我想,进入沙漠只能吃干粮,建议她去吃点热食,以防饥饿胃痛。妻子想吃驴肉黄面,就拉我去西大桥达记驴肉黄面馆加餐,我觉得味道不错,价格也便宜。就买了四斤酱驴肉带给李平他们尝尝,另加两份黄面。饭后在市区转了一圈,十三点,我与妻子乘公交车向鸣沙山月牙泉景区进发。

月牙阁前空等候,错奔大漠误东西

坐在公交车上,看着近在眼前的沙漠,金黄耀眼,比远处吸引眼球多了。鸣沙山是敦煌南面沙漠的第一山,山峦起伏、优柔缠绵,没有山的尖

第五辑

旅行如歌

127

锐和锋芒,体现着自然的柔性与狐媚,也散露着沙漠低矮的天性。鸣沙山还不失线条的俊美,峰岭间锐利如刀削,有着棱角分明,让我想起了西北人的个性——硬多柔少,没有南方人的圆滑玲珑。

鸣沙山之名是因为沙子可以鸣叫而得名。鸣沙山的鸣叫在夏季出现,太阳暴晒之后,能够听到砂砾"恩恩"的声音,声音如铜锣敲后的声响。站在鸣沙山山顶,"恩恩"之声不绝于耳,像马头琴声般悠扬。据地质专家研究,鸣沙山的沙鸣与它的地理位置有关。鸣沙山沙沟深,沙峰相距较近,有点声响,回音很大;其次,敦煌城是大漠里的一颗明珠,四周都是沙漠,鸣沙山就是沙漠的一角,一年四季异常干燥,砂砾表面蒸发快,砂砾散开、流动的机会很大,滚动的声音形成了巨大的"恩恩"声。这些,是妻子对沙鸣的解释。

我与妻子到鸣沙山月牙泉景区门口,还只有十三点半,我们买了门票,就正式进入景区沙漠。在进入景区时,我看到买鞋套的几个商人,本想买两双鞋套,想起李平他们都带好了装备,我就没有预备。

从景区门口到鸣沙山,要跨过一片平坦的沙漠。我心里一阵狂喜,几步跨入沙里,踩在均匀的沙子上,软绵绵的像棉絮。沙漠本来没有弹性,是表面的沙砾晒干后,沙砾间有空隙,人踩上去,受压力挤向两边,有下沉的跌落感。走上一小段,感觉不到沙漠的绵软,而是吃力跋涉,每迈一步都很艰难,连身躯也站不直,却磨炼我坚持走下去的意志。妻子告诉我,沿着平坦的沙漠往西走,看到沙漠里的绿洲,再前面就是我们预约的地点月牙阁。

走过两百多米宽的沙漠,中间横着一条沙石路。我与妻子沿着沙石路往前走,边走妻子边讲说鸣沙山夏天的风景。那是鸣沙山的旅游旺季,沙子受热快,八九点就很烫人,有风湿的人可以把身体包裹在砂砾中进行砂疗浴,吸出体内湿气。男人玩沙漠越野摩托车,感受沙漠风暴。或者玩速降、坐吊篮,空中观赏沙漠奇观。鸣沙山还有一件宝,那是五色沙,沙子由红、黄、绿、黑、白五色组成，装在玻璃瓶里颜色鲜明清晰，是室内观赏性宝物。

沿着沙石路往前走半里路，有几棵凋零的树和一条小河出现，风景非常凄零凋敝，这就是典型的影视里的沙漠绿洲风景。再往前走里把路，有一片几亩大小的田野，早已荒芜，田垄上长着一排排树。妻子说那是沙枣树，甘肃特有，夏天枝叶茂密，冬天沙枣满树，红红的枣子吊在树上，映衬着蓝天非常美丽。抬起头看到一串串红艳艳的枣子，颗粒虽小，数目甚多。妻子特意从地上捡起一颗小指头大小的枣子，剥去枣皮，露出白色的粉末，在手指间捻揉，有点黏也有点粗糙。细细咬一口，转到舌头，很有感觉和颗粒性，慢慢地品味到甜味，甜得很腻，也很纯，满口都是甜甜的滋味。

走完沙石路，前面是月牙泉远景：沙漠里一弯泉水，边上点缀几棵枯树。高台上有一建筑群，名曰月牙阁，乃道教圣地。路头有"第一泉"的石碑，字体很耀眼。走近看，月牙泉似新月，古称"沙井"，又名"药泉"。地势低洼，水深数米，一度讹传"渥洼池"，清代才得以正名"月牙泉"。据说，那时水质甘洌，清澈如镜，千百年来在沙山的环抱中没被掩埋、干涸。我与妻子环月牙泉走一圈，虽不见泉水清澈，确是一道奇观，弯弯的形状让我心动。沿着月牙泉的堤岸，找到上月牙阁的石级，扶着栏杆一级一级地迈，很不容易才走完石级。站在月牙阁宽敞的坪里，凭石栏下看月牙泉，风景更加的秀丽、清晰。我沿着石栏从一头走到另一头，寻找更适合我观赏的地方，从不同角度来欣赏月牙泉。

我与妻子在月牙阁里找遍了每个角落，没有看到李平六人的身影，我们只好再坐在门槛处等。对着买杏皮水的摊点，妻子说起了杏皮水是敦煌的一种特色饮料，由敦煌特产李广杏剥皮后，用晒干的杏皮加特殊的配料熬制而成，杏皮水甘甜带点微酸、具有生津止渴的作用，到敦煌沙漠来的人都爱喝。我买了杯试了试，味道确实不错，就要了两瓶准备带在路上喝。等了个把小时，还没有看到李平他们出现，我就耐不住了。问卖杏

皮水的摊主,有没有看到六个人背着一米多高的背包从这里经过。摊主说有一群人,大概十多人,中午十二点多就到了,在他摊点上买了杏皮水喝,还聊了一会儿天才走。他还说,那些青年人是从月牙阁背后翻过鸣沙山去了,你们来的时候他们才到山顶。我怕老板说错了人,把数码相机里拍的李平等六人的照片找出来给他看,他确定他们来过。我就决定去追赶他们。

我与妻子转到月牙阁后面,从鸣沙山中段往山顶爬,有很多游客爬到山腰,或坐或站悠闲地在那里玩耍。鸣沙山的坡度不是非常陡峭,山坡上没有任何植被,给我们攀爬没有任何借助的地方,只能凭着一双腿和身体的平衡性,一步一步地向上攀登。沙子比较疏松,走一步滑一下,只能慢慢前进,而且要走"之"字路。我们走一小段休息一会儿,用了差不多一个小时才到山顶。

大漠腹地悠深,昼热夜寒心冷

我与妻子爬上山顶,下看月牙泉,风景秀丽明晰,再往风景区门口看,好像近在尺咫。妻子生活在沙漠边缘,对沙漠有一定的了解,她带我在山顶寻找足迹。沙漠虽然有山有谷,但是在没有人踩过的地方,是非常圆润的,人走过,就会留下一些小坑,特别是刚走过不久,那坑就非常明显。我们找了好一阵,在向东的方向找到了几行小坑,坑比较凌乱,大概有十多个人踩过。我不知道这些沙漠常识,就想马上追上他们,与他们一起去大漠腹地体验生活。

在沙漠里追赶是一件非常艰难的事情,我与妻子都非常心急,就顾不得那么多,一心想赶上李平他们。好在我们带的东西不重,只有八公斤左右,衣服都穿在身上,帐篷也不要我们带。但是我们脚上穿的运动鞋最不适应沙漠行走,没走几步,鞋子里尽是沙子。妻子突然说,我们忘了在景区门口买两双鞋套,这样走几步倒一次沙子,很是费时。我就干脆把鞋子脱了,穿着袜子在沙漠上行走。这样一来,我们的走路速度就大大提高了。

太阳照在我们背上,暖暖的有些惬意,慢慢地温度却越来越弱,我们也感觉到凉爽起来了。但是沙漠的温度好像还没有完全褪去,我们赤脚踩在上面还不冷。我背着行李,妻子在前面带路,我们只有靠跑步来维持自己的体温。前面的雪山看得清清楚楚,看上去与我们很近。我们走了很远,看到雪山跟我们的距离还是一样远。我就觉得有些奇怪,问妻子这是什么原因。妻子说:在沙漠里,看到一座山就在眼前,但是要走上十天半个月是非常正常的,因为沙漠在视线里是平的,直线距离是我们行走距离的几分之一或者几十分之一。还有沙漠里的光线非常强烈、雪山也非常明亮,在强光下视野的距离短了很多。妻子又发现了一个问题,我们走的方向是东面,那里是靠近雪山的地方,越走近气温就越低。她就开始担心起我们追赶不上,晚上就要在寒冷中露宿沙漠,这是一个非常危险的信号,我与妻子决定,再加快速度,一定要在午夜之前赶上李平他们。

光线渐渐暗下来,太阳完全消失。我看到了月亮高高的挂在天空,非常明亮。妻子告诉我,这是沙漠里的晚上。只要太阳消失,月亮出来,就说明沙漠的晚上已经开始。我看了一下手表,才知道已经快二十点了。我突然想起自己的手机,何不用电话先联系一下,掏出手机一看,完全没有信号。在这广垠的大地上,一切都是那么单纯、干净,就是留下的几个足迹,也慢慢地被沙漠吞噬。夜晚的沙漠,没有风也没有响声,安安静静的只有我们两人的呼吸。在这样的夜晚,我们没有害怕也没有恐惧和烦恼,只有那一点的寒冷在剥削我们的体温。

大概在二十二点多钟,我们的体力已经慢慢地耗尽,急需补充食物和水。我们把带来的两份黄面吃了,还吃了斤把驴肉,我一口气就喝完了一瓶矿泉水,妻子也很快把一瓶水喝完,大叫"好爽"。我把东西收拾好,我们没有休息就重新赶路。有了食物补充,力气就很快上来了。

在二十三点半左右，我们发现在我们前面不远处有很多的小黑点在移动。妻子告诉我，那是人，在沙漠里离得远，看不清楚就成了一个点。我们很兴奋，追赶的速度越来越快。但是，走在我们前面的人不像我们想象的那么近，追了个把小时才看得清走在我们前面的黑点是人，露出半截身子。到凌晨一点钟，我们才终于赶上他们，其实他们已经停下来，打开帐篷休息了。

我们一看，怎么没有一个自己认识的人。我一问才知道，为首的叫吴海，他们是从敦煌出发，向雪山方向穿越沙漠的。他们又问起我们为什么只有两个人，没有带帐篷。我讲起我们与李平约好在月牙阁见面，卖杏皮水的摊主说他们翻过山顶了，所以我们一路追来。吴海说与李平熟，一起参加过几次户外探险，昨天中午在月牙阁见过面，还聊了一会儿天，但是他们六人是去西边，找沙漠里最干旱最酷热的地方。我与妻子准备返回，吴海告诉我，这里的沙漠凌晨很冷，不如在他们的帐篷里住一个晚上再走。吴海几人让出了一个帐篷给我们俩住。睡在帐篷里，到了凌晨五六点，我感觉到非常的冷，被冻醒。有一股冷气包裹着我的身体，全身凉透了，身上的羽绒衣服就像冰凉的塑料纸，根本不保存温暖。妻子也醒过来，我们从帐篷里探出头来，看了看天空，光线已经暗下去了，大伙都在说着话，主题是寒冷。没过多久，光线完全消失，周围都漆黑一片，妻子说快要天亮了。

黑夜马上就过去了，我们开始返回。太阳照着我们的背，慢慢地给我们的身体加温。很快，太阳的光芒有着它固有的热量，衣服由暖呼呼的变得有些热了。我们走到十点多钟，不得不把外套脱掉，好在我们的东西少，包里还可以装得下一些东西，把两件外套折好，背在包里。走到中午，我开始有些饥饿，妻子说她已经饿了。我们就坐下来吃东西，袋子里只有一包驴肉、两瓶矿泉水、两瓶杏皮水，还有一点零食可以吃喝，其他的东西都没了。每人吃了一些驴肉喝了一瓶水，妻子还准备吃零食，我就说快没有水了，干脆走出沙漠再吃也不迟。

　　吃过东西，继续赶路，在十四点多，我发现我们走的地方已经没有了足迹，我们不知道什么时候已经偏离了来时的方向，我们对着太阳，确定了方向，发觉没有错，就继续往前走，我想在十六点应该可以到达鸣沙山。再往前走，温度没有因为过了午后而有所降低，反而继续增热。时间早就过了十六点，却还没有到达鸣沙山，我已经有点着急了。妻子告诉我，在沙漠里容易迷失方向，但是只要有一个坚定的信心，就可以走出沙漠。时间很快到了二十点，凭我在敦煌住几天的经验，晚上十九点半到二十点就要天黑了，也就是说，我们已经一直往前走了十四个小时了。妻子也开始怀疑方向走错了。但是太阳早就沉下去了，我们也无法辨明方向。妻子建议我们还往前走两小时，如果要再看不见山，我们就等天明再走。我们越往前走，气温就越高，我们只好把自己身上的毛线衣都脱下来。走到二十三点，实在太热了，脚也烫得有些受不了了，我们就停下来，补充食物和水。

　　我们吃完了所有的驴肉，喝了一瓶杏皮水，身上的汗出得比较多，杏皮水喝下去确实很解渴，也不太出汗了。我们晚上睡在滚烫的沙子上，烫得身体很不舒服。妻子开玩笑说，我们去洗桑拿的时候为什么这么舒服呢？我说：那是水汽，把闭在体内的汗液排出来；这是干烤，如果继续烤一个晚上，那么我们就要烤熟了。我找了一株大骆驼草，它庞大茂密的伸展着，却干枯了，躺在草上，也算凉快点。好在凌晨四五点钟的时候气温有所下降，我们就睡了一会，身体也舒服了一些。

　　早上醒来，太阳已经出来了。我对妻子说：我们不能再往前面走了，前面应该是李平他们所要寻找的最干旱最酷热的地方，我们的方向应该是返回。妻子说：返回是肯定的，但是我们不能按着正东方走，敦煌在这个沙漠的北边，就是我们不走正东北方向，我们也要走偏东北方向，这样才能走出沙漠。

我们吃完所有的零食,最后一瓶杏皮水也喝了一半。我们朝着正东北方向走,气温却比较高,身上的汗不停地冒,口里非常干渴,却不敢把所剩的杏皮水喝完,每次都只喝一点点,湿润一下喉咙。我们走一两个小时又停下来确定一次方向,走到十四点多,终于看到前面有山的影子,我俩都开始兴奋起来。我们喝完了最后的一点杏皮水,就加快脚步向山的方向跑去。

十六点多,我们走到了沙漠的边缘,回到了月牙阁,还没有停下脚步,妻子叫着要了一大杯杏皮水,一口气喝下去。喝完杏皮水,我拉着妻子的手,沿着小路走出鸣沙山。没有了心理的压力,我们走起路来都非常轻松,没有来时的艰难。

走出景区,我与妻子迫不及待地去找馆子吃饭,馆子里坐了人,我们走近一看,原来是李平几个。问他们怎么没有等我们,害得我们差点葬身沙漠。他说到敦煌给我岳母家打电话,岳母告诉他说我这几天身体不好,刚身体好点去朋友家玩去了,还要过几天才回来,他以为我不参加这个活动了,就没有等我。

边吃饭,边谈起我与妻子的见闻,李平感叹说,我们到达的地方,就是他们要找的地方,他们这次去没有找到。我想,很多事情,因为一句谎言要造成巨大的灾难;也因为一些错误,要得到一些意外的收获。

佛国敦煌

敦煌，是很多艺人的梦想和游侠的目的地。我走敦煌，是历史教科书留下的痕迹。敦煌，去过两次，一次是二〇〇七年春节，陪妻子回家过年；一次是二〇〇八年一月，我到兰州出差，又只身到敦煌。两次相隔不到一年，在敦煌待的时间加起来超过两个月，吃着敦煌的美食，磨灭了我想写敦煌文化的冲动。

我曾多次梦想到敦煌漫游，欣赏莫高窟的绘画和雕塑艺术，也去朝拜佛教。又多次构思敦煌的宏伟篇章，好为自己的文采添一笔。当我深入敦煌，慢慢了解敦煌，又感觉自己很肤浅，无法下手成文。

到敦煌，置身艺术的海洋，最难的是动笔著文。以前读过很多文人墨客凭吊敦煌的文章，我也只能再度凭吊、怀古。心想，艺术离我很遥远，我只玩码字的游戏，不想多费口舌。

敦煌属甘肃酒泉，东经九十二度十三分至九十五度三十分，北纬三十九度五十三分至四十一度三十五分，东接瓜州、肃北，西临阿克塞哈萨克，被沙漠、戈壁包围，有戈壁绿洲、沙漠明珠之称。

敦煌，东汉地理学家应劭解释为："敦，大也；煌，盛也。"说明当时东汉就想在敦煌这个边疆建立一个强大的堡垒，抵御外族。敦煌位于河西走廊西端，西汉元狩二年（前一二一）霍去病击败匈奴，设酒泉、武威二郡，敦煌属酒泉。元鼎六年（前一一一）分置敦煌郡，辖疏勒河以

西以南的敦煌、冥安六县。北魏正光五年（五二四）改瓜州。唐武德五年（六二二）改西沙州，辖瓜、西沙、肃三州，治所在敦煌。贞观七年（六三三）改沙州。贞元二年（七八六）沙州陷蕃，大中二年（八四八）张议潮率众起义，恢复唐在瓜、沙的统治，设归义军节度。宋天圣年间沙州回鹘取代归义军政权。乾道元年（一〇六八）西夏占据瓜沙。宝庆三年（一二二七）蒙古占领敦煌，至元十三年（一二七六）才由朝廷直接管辖。明朝设沙州卫，嘉靖七年（一五二八）为吐鲁番占据。清乾隆二十五年（一七六〇）设敦煌县。一九〇〇年六月二十二日王道士发现莫高窟藏经洞，而后被斯坦、伯希、华尔纳等人盗劫，严重破坏，受到国人刘半农、陈垣、陈寅恪、梁思成、张大千等名人学者的关注，莫高窟成了艺术的宝库，敦煌才在中国土地上立起。

敦煌是古丝绸之路的咽喉要地，西汉的张骞、东汉的班超都经过敦煌。丝绸之路在敦煌西去，北道出玉门关，南道出阳关，东来外国使节、僧侣、商贾要在此等候签发通行证。是中原通往西域乃至欧洲的唯一通道，被誉为"华戎所交一大都会"。历史上有塞种、月氏、乌孙、匈奴等民族集散于此。现分七里镇、沙州镇、肃州镇、莫高镇、转渠口镇、杨家桥乡、郭家堡乡、吕家堡乡、黄渠乡、南湖乡等乡镇。

敦煌东是三危山，南是鸣沙山，西是塔克拉玛干沙漠，北是戈壁与天山余脉。地势南北高中间低，自西南向东北倾斜，年降水量不足四十毫米，蒸发量二千四百八十六毫米。名胜古迹有莫高窟、鸣沙山、玉门关、月牙泉、阳关、汉长城、河仓古城、白马塔、三危山、三危圣境、梦柯冰川、雷音寺、西千佛洞等。盛产棉花、西瓜、甜瓜、鸣山大枣、李广杏、紫烟桃、葡萄等。

去敦煌，很多人是盯着莫高窟去的，其实，吸引我的也是莫高窟。我到敦煌，去的第一个景点是鸣沙山月牙泉，有些兴奋。后敦煌市人大常委会主任给我讲了一个有关莫高窟的笑话，是说当年单位分给他一张免费票,正好一个当兵的亲戚来了,想去看莫高窟,亲戚在莫高窟里看了三个洞窟就跑出来,说看不懂,不想看了。我听后,想去莫高窟的念头也消失了,回到长沙,又觉得非常遗憾,毕竟那是世界文化遗产,想提升艺术修养,还是要看看的。

二〇〇八年一月到兰州开会,我去了敦煌,在火车上饱受一夜的寒冷。

冬天的敦煌,天亮要九点多,天气特别寒冷。我坐的火车七点半到,只好先去岳母家,岳母忙给我做饭,饭后我没休息,与岳母谈起去莫高窟的事宜。岳母告之,冬天去莫高窟没有公交车,只能坐出租车。我吓了一跳,以前还没有打车去景点,这次要花血本了。

我们十点出门,外面已经大亮,但是出奇的寒冷,我的耳朵似刀削般痛。轻轻起点风,就更加疼痛难忍,我只能缩在原地不动,用衣服捂住耳朵。

我本想先坐车到敦煌市,再租车去莫高窟。这种寒冷对南方人来说实在太残酷,我与岳母商量直接租车去莫高窟。等了几辆的士,都不愿意去莫高窟,半小时后,一辆的士主动向我们靠近,司机是岳母认识的朋友,要送我们回家,当知道我们要去莫高窟,也没讲价,答应一百元送我们到敦煌古城和莫高窟。

敦煌古城与莫高窟是一个相反的方向。岳母所在地七里镇,是青海石油局生活基地,在敦煌古城与莫高窟中间,离敦煌古城近。我们坐上的士,先去敦煌古城,车开进茫茫大漠,我心灵有股特别的震撼。以前在电视、电影上看到的沙漠宏大无比,当我进入沙漠,我就像一颗沙子,滴落在茫茫的大漠中,自己是无比的渺小,也看不到远处的沙漠。我曾在大海上坐着快艇飞驰,蔚蓝的海水,天空飘着白云,不感觉害怕。我置身大漠,天空再也不是蓝的,还是那么灰暗,地面的沙子也不是金黄,还是暗淡灰黑,能够看到沙漠的范围太有限,不够百米,我感觉心里发毛,神经拉紧。

车在沙漠里奔驰了二十分钟,到了敦煌古城。一座巨大的城堡,模仿得十分逼真,我看清砖块的颜色,却辨别出是一座仿造古城,马上失去了欣赏的兴趣。我问真正的敦煌古城遗址在哪里,他们告诉我在现在敦煌市西边桥头白马塔,沙洲镇所在地。

我们掉转车头,朝敦煌县城方向进发,没有进城,直抵东南方向的鸣沙山,车再次进入沙漠,最先出现在我们面前的是路边有些高高低低的坑眼,大小不一,坑里看不到任何什物,前行一段,才发现坑眼上覆盖一层冰片,洁白无瑕,闪烁着光芒。我觉得奇怪,坑里还有水吗?再走一段,出现的冰面越来越大,越来越长,像一匹银缎披盖在沙滩上。我明显可以感觉这是河流,这让我想起了沙漠里的内河,我一问岳母,确定这是一条沙漠内河,从莫高窟那头流来。

再走,路边白杨林立,生态环境也有所改变。岳母告诉我,这就是敦煌有名的莫高乡,敦煌市唯一一个被沙漠包围的乡镇。

莫高窟原叫千佛洞,鸣沙山东麓,地处莫高乡,是中国最大、最著名的佛教艺术石窟。石窟在山崖上排成三四层不等,长一千六百余米,共有石窟七百三十五,开发的有四百九十二个,壁画总面积四万五千平方米,彩塑佛像二千四百多身,大小高矮不一,主要为北凉、北魏、西魏、北周、隋、唐、五代、宋、西夏、元等朝代开凿、塑造。莫高窟第一个石窟建于三六六年,僧人乐僔、法良游方到鸣沙山,在此修行所造。

莫高乡在一个山坳里,两面是林立的沙丘,中间伴着河流而成的村落,虽然人口稀少,却田间与林木交错,长势茂盛,有江南树影丛林的感觉。

进入莫高乡,路离河床越来越远,河流隐没在一块非常平坦的沙滩后。越过沙滩,远远看到对面耸立的山梁,山上没有树木,是光秃秃的沙粒,起伏不大,像横卧的树影。沙子的颜色不再艳丽,像有些年月的土墙,呈暗褐色,依稀看见崖壁挖了些洞,密密麻麻的像古代的窗格,尽是窟窿。

我凭借相机,把距离拉近,才发现密密麻麻的窟窿像陕北的窑洞。岳母走到旁边来告诉我,那是和尚修行和开凿石窟的工匠们的居所。

我下车,准备去参观,岳母告诉我,这些石窟没有开发,任何人都无法参观,现在可以参观的只有那些有壁画、佛像的洞窟,并且大部分也不开放。我作为一个专门为莫高窟而来的游人,哪里肯放弃一线机会呢?司机把车开到沙滩中央,跑过去一段距离,还是看不太清楚,只好用照相机拍下许多图片,留来以后欣赏。

最让我困惑的是和尚们修行,把地点选择在悬岩峭壁上,他们的吃喝怎么进行。人活着需要水,河虽在悬岩下,没有杠杆无法从河里吊水。还可以看出:现在流经的河流,是改道而来。把住所建在不坚实的悬崖上或者河边,是建筑上的一大忌。和尚修行,也需要食物,从悬崖峭壁下运上来实在不方便,人体排出的废物,也要运出来,都是一些麻烦的事情。我仔细察看了一下地形,得出一个大胆的想象:以前的河床在现在的公路附近,为山谷的中心地带,现在建好的坪,当时是田地或沙坡,石窟上的那个坡,斜度非常大,却不是现在的垂直现象。垂直是当时为了挖石窟一层一层开出平地来所为,河流改道是当地的农民为了扩充农田所为。

再往前一百米,是停车场,场面非常宏大,有沙漠的气势。我去过很多地方,还没见过这么大的停车场。左边仿古式建筑是博物馆,右边是接待式的店铺,都是一层楼,建得现代却装饰得古典,色调很暗,也许是沙漠的尘埃掩盖了本来颜色,或者设计师们特意让游客回到古典和艺术时代,更好地融入莫高窟。

走过店铺,地势平坦开阔,有些佛塔林立,尺度不高,颜色乳白,在沙漠中非常显眼。岳母告诉我这是有名的白马塔,敦煌佛教特色建筑。又让我想起敦煌古城建在白马塔旁的事情,我仔细察看,颜色、大小相差不大,有的两两相对,有的三四成群,没有更多的并列。

白马塔有个佛教故事:秦建元十八年(三八二)九月,苻坚令骁骑将

军吕光率七万军马西伐龟兹,三八四年攻破龟兹,征服西域三十余国,并请西域高僧鸠摩罗什来东传经。当行至敦煌,鸠摩罗什乘骑托梦说:吾本上界天骝龙驹,受佛祖之命,特送尔东行。现入阳关,吾将超脱生死之地,至葫芦河尔将另有乘骑。次日醒来,白马已死。鸠摩罗什葬白马于城下,修塔纪念,取名白马塔。塔为圆塔,特别圆润无棱角,色彩耀眼鲜亮。

环顾左面山峦,高高低低的山峰上,有无数大小不一的白塔,岳母一一指给我看,并告诉那些地点的名字和供奉的佛像。我读过几部佛经,却对佛教了解甚少,终究记不下这么多佛像的名字。

前面横亘一河,河上一桥,颜色黄艳。河水结冰,洁白的冰面敦实,望向源头源尾,都是冰块相连。我感到一股寒气袭来,来往游人都惊讶河上结冰。站在桥上,眺望两头,河远远地伸向远方。岸上白杨,硕大笔直,紧密林立。走完桥面,有一木牌坊,彩绘古典,正面有"三危览胜"背面"石窟宝藏"等字样。

过了牌坊,柳树苍老,从细枝树皮可以知道有些年月,密密麻麻的细枝像排紧的扫把须。走在树影下,让我想起了那些开凿莫高石窟的历史岁月,几个朝代的工匠、画师,用心血经营出这批石窟,却被后人毁灭,连保藏在藏经洞的书卷都被盗走,多少文人游客,咒骂的是王道士。我们中国旅游产业的途径,发现旅游资源是那么的美好,想开发和引来旅客,首先要破坏环境毁灭资源,才有无数的游客来欣赏,留给旅客的只是景点的名字。

冬天,来莫高窟的人比较少,听岳母说旅游旺季每天有三五千人,黑压压的人群挤满了门口。看看柳树枝头,才发现树枝上结了雪白的冰凌,斜斜地插向天空,身体有些颤抖,耳朵也疼痛难忍。

走到门口才真正看清莫高窟的外貌,在距离石窟几米的地方,栽了几排白杨,树枝茂密。石窟分三层、四层不等,外表是砂砾。真正的原貌要看石窟顶上的岩石,一层一层的非常薄,那就是沙漠底层页岩,也是莫高窟的特殊石层。一九八七年,香港的邵逸夫捐款,给石窟外围加固,还做了铝合金门窗和架设通风设备。

冬天开放的洞窟不多,有第二十九、二十三至二十四、十六至十七、五十五、四百九十六、九十六、一百三十、一百四十八号洞,这些是任何时候都开放的洞窟,在莫高窟属经典兼普通型。石洞为方形,洞内为正面佛像,地面莲花砖,四壁千佛图或者莲花图、彩画,顶多层方尖顶。佛像有大有小,有世界第一的室内佛和世界第二的露天佛以及最大的卧佛,雕刻非常精细,有很高的艺术价值。最值得一提的是洞顶,开凿挖掘时考虑到了防震,用方形尖顶防止地震,无论任何地震都不能危害到石窟。墙壁平整采用中国式土筑——黏土加干草抹平,再把绘画描摹,非常新奇的是一个石窟有多层绘画,根据时代推进和人民对佛教的理解,改变绘画的题材和要求,一层一层地添加泥土,原有的画没有破坏,而且保存完好。很多洞窟的地基也有多层,每个朝代在已有的基础上加厚地基,完善石窟艺术。

看到莫高窟的佛像和壁画,多少有些新疆少数民族特色,这与敦煌佛教是从西域传到新疆再到敦煌有关,但是,与中原佛教、南蛮佛教又有很多区别,中原佛教、南蛮佛教多有万佛寺和万佛殿,敦煌佛教是千佛,佛像少了很多。我是这么想的,敦煌佛教毕竟是离西域佛教较近的一支,中原佛教和南蛮佛教经过了无数的发展,在中原和南蛮的土地上,又产生了不少变化。

后面几天,我去了安西东千佛洞,西夏石窟多,又去了榆林窟,以前叫万佛峡,以壁画和游人题记相结合,有唐五代宋西夏元清石窟和绘塑。党河北岸的西千佛洞,为北魏时开凿。三危山形状如千佛,秦建元二年(三六六)高僧乐尊经此,凿三危圣境,规模甚大,一派佛国圣地,雷音寺、月牙阁也香火旺盛。让我想起清代苏履吉《敦煌八景咏》里的两关、千佛、危峰、党水、月泉、古城、绣壤、沙岭,都与佛教有关,敦煌应该是一个遍地都是佛的地方。

第五辑

旅行如歌